流麗島署オカルト班事件簿

闇は道連れ　世は裁け

須垣りつ

富士見L文庫

もくじ

プロローグ

「すごいな。墨汁に光の玉をまき散らしたみたいな空だ」

ジョギングの脚をとめ、思わず空を仰ぎ見てつぶやいた時和《ときわ》は、次に視線を海のほうへと向ける。

そこには夜空との境がわからない、黒い海原《うなばら》のはるか遠くから、どこまでも横に長く白い帯が、幾筋も繰り返しせまってくるように見えた。

ザーン……と打ち寄せてから、しゅうしゅうと音を立てて引いていく波は、とても穏やかだ。

（静かな浜辺だな。流麗島《りゅうれいじま》の海はいつも凪《な》いでいるのか、たまたま今夜だけなのかは知らないが）

見慣れない大自然の風景にひかれるように、時和は海岸沿いの歩道から、浜辺へ続く階段を下りていく。

潮の香りのする風は、ジョギングで汗ばんだ頬には心地いい。

ざく、ざく、と砂を踏みながら、波打ち際まで歩いていった時和だったが、そこで突然、ギクリとして顔を強張《こわば》らせる。

得体の知れない気配。なにものかの視線。不気味な感覚に、全身がとらわれていた。

満天の星空の下の、美しい夜の浜辺だ。しかし頭のどこかに、やっぱりこうきたか、という思いがあった。

この島に上陸してからずっと、妙に胸がざわついていたのだ。

(こういうときは、だいたい、出る)

両肩を、氷のように冷たい大きな手のひらで、ぐっとつかまれるような感覚。

この感覚を、時和は幼いころから知っていた。

と、真っ暗な闇の彼方《かなた》から、すーっと海面上を滑るようにして、こちらに向かってくるものがある。

(うわっ、やっぱりだ。クソ、見たくないのに、勝手に目が引き寄せられる)

恐怖もあるが、同時に腹も立ってしまった。

(幽霊だか妖怪だか知らないが、俺に関わるな。さっさと消えろ!)

心の中で威勢よく毒づいてみても、足がすくんで動けない。唇からは、カチカチと歯の鳴る音が漏れてしまう。

『それ』は近づいてくるにつれ、はっきり人の姿だと、認識できるようになった。

（ショートカットの痩せた女の……亡霊）

浜辺までやってきた『それ』は右手に、小さな白いものをしっかり持ち、なにやらつぶやいている。

その様子が気味の悪さに拍車をかけ、背中に冷たい汗がザッと流れた。

（なにを持ってるんだ。小さな人形？）

女の細い足はゆっくりと、確実に、身構えている時和のほうへ歩み寄ってくる。

蒼白《そうはく》なやつれた顔。落ちくぼんだ眼孔から覗《のぞ》く、無念そうなうつろな瞳。

時和は情けないことに足を震わせつつ、必死に両手を合わせた。

（悪かった、なんだか知らないけど、とにかく俺が全部悪かった！　謝るから、どこかに行ってくれ、頼む！）

そんな祈りも虚《むな》しく、ますます女はこちらに近づいてきて、時和の真横まで来るとそこで、ピタリと足を止めた。

すぐ傍《そば》にたたずむ異様な気配に、悲鳴をあげる寸前。

女はおもむろに細い左腕をサッと上げ、沖のほうを指差した。

思わずつられ、そちらに顔を向けると同時に、か細い声が耳に入った。

「……たまのをを、むすびかためて、よろづよも……」
意味のわからないその言葉の真意を、時和は聞き返さない。
それどころではなかった。
女が指差した方向の海面に、人間の頭が見えたのだ。
さらには浜辺にそろえて置いてある、酒瓶と靴が目に入る。
（入水《じゅすい》自殺か？）
察した瞬間、職業意識が亡霊への恐怖に勝った。
時和はわき目もふらず、波打ち際から海中へと駆け入る。
「おい！　なにしてるんだ、止まれ！　戻れ！」
声をかけると、肩まで水に浸《つ》かっていた男が、ハッとこちらを振り返る。
ざぶざぶと浅瀬を急いで追いつくと、男は素直に動きを止めた。
月明かりの下、その顔は海水と涙で、ぐしょぐしょに濡《ぬ》れている。
「靴なんかそろえて、なんの真似《まね》だ！　死ぬ気だったのか？」
ぐっ、と強くつかんだ男の肩の感触と体温に、時和はホッとした。
少なくともこの男は、亡霊ではない。
時和の問いに、男はぐすぐすと鼻をすすりながら、酒臭い息と共に答える。

「は、はい、あの、地元の人間では、ないです。これには、深い事情があって」

どうやら、おとなしい性格らしい。特に抵抗する様子もなく、悄然《しょうぜん》としている男に時和は言った。

「よし、その事情とやらを聞こう。俺の家に来い。風呂入って、飯食ったら、気が変わるかもしれないだろ」

「で、でも、あの、僕。もう、絶望して。なにもかも、どうでもよくって」

うぐっ、と泣き始めた男の海水に浸かっている背を、パシャパシャと時和は叩《たた》く。

「とにかく理由を話してくれ。なにか力になれるかもしれない。――俺は、刑事だ」

すると男はまるで子供のように、こくりと大きくうなずいた。

時和は男をうながすようにして、墨のように黒く見える海中から、白い浜辺へ向かって、ゆっくりと歩き出す。

（……流麗島。名前も景色も綺麗《きれい》なところだ。でもなんだか島全体に、胸がざわつくような、妙な雰囲気がある。ここの所轄での仕事は、一筋縄ではいかないかもしれないな）

そんなことを考えながら、視界をさえぎるもののひとつとしてない、夜の浜辺を見つめた。

しかしどんなに時和が目を凝らして探しても、もうどこにもあの女の姿はなかった。

一章・きみを抱きしめたい

時和《ときわ》が道雄《みちお》を連れ帰ったのは、流麗島《りゅうれいじま》警察署の寮の二階にある自室だった。十二畳のワンルームには、小さなローテーブルと備え付けのベッド、それに重ねて積んだ段ボール箱があるだけで、生活感がなく殺風景だ。

『今年の春ごろ彼女に、突然、別れ話をされたんです』

昨晩、まずシャワーを使わせ、ジャージに着替えさせた青年は、ぼそぼそと、しかしとめどなく、自殺未遂に至った経緯を時和に話した。

ずっと膝を抱えて俯《うつむ》いていたため、表情はよくわからなかったが、ひょろりとして細面の、いかにも気弱な青年に見えた。

『僕は都内の小さな文具メーカーに勤務している、広田《ひろた》道雄と言います。彼女……岡本亜《おかもとあ》矢菜《やな》は学生時代からの付き合いで、同い年の二十七歳です。結婚の話もしてました。綺麗な長い髪が自慢で、ふくよかで、見た目も性格も、全身で僕を受け止めてくれるみたいな大きさと包容力があって。しっかりした、強い女性なんです。ダイエットするなんて言ってたこともあったけど、僕は彼女の見た目も含めて、大好きでした。だから突然別れ話をされても、とても了承できなかった。何度も何度も話し合いをしたんですけど、彼女が別れたいっていう理由がもう、無茶苦茶なんです。僕の声が気持ち悪い、顔も好みじゃなくなった、って。それは理由じゃなくて、暴言ですよね。これまでそんなことを言うような人じゃなかったし、僕は納得できなくて、あきらめられなかった。だけど四か月くらい前……お盆休みの前に、風邪でしばらく連絡できないと言われて、それっきりになったんです。電話しても出てくれないんで、彼女の住んでたアパートまで訪ねて行ったら、いつの間にか空っぽになってました。共通の友人に泣きついて、実家に戻った、ってことまでは聞き出せたんです。それで、この流麗島にまで来たんですが、彼女の実家で門前払いされてしまって』

『それで自棄《やけ》になって、酒を飲んで入水自殺を図ったっていうのか？　暴言を吐くような女のために命を無駄にするなんて、勿体《もったい》ないじゃないか』

どんな苦悩かと思えば痴話喧嘩《ちわげんか》か、と肩透かしを食らったように感じたことは、そのまま時和の顔に出ていたらしい。

道雄は、半泣きで反論してきた。

『亜矢菜はずっと僕を支えていてくれた、特別な、初めて心から愛した女性なんです！

急に僕を嫌い出したのは、なにか誤解があったんだと思います。お願いします、刑事さんから亜矢菜の親に、僕と亜矢菜を会わせてくれるように、頼んでください！　そ、そうでないと僕、自殺させてくれないのなら、ストーカーになってしまうかも』
『お前、今度は刑事を脅す気か』
時和と道雄の間にそんなやり取りがあったのが、昨晩寝る前のことだった。

翌朝、床で毛布をかぶって寝た時和は、目覚めがすっきりせずにぼんやりしていた。まだカーテンを取りつけていない小さな窓から、すでに朝日が差し込んでいる。が、ワンルームのコンパクトな室内に、男がふたりいるとむさ苦しく、爽やかさは感じない。

十分ほど前にベッドから這《は》い出《で》て、今はユニットバスで顔を洗っている道雄は、真っ赤な目の下に、クマを作っていた。

「あまり眠れなかったのか？」

「あ。はい。お世話になっておいて、言える立場じゃないんですけれど。刑事さん、一晩中、電気をつけっぱなしでしたし」

「そ、そりゃあお前、真っ暗にしてたら、なんか出るかもしれないだろ」

「は？　なんかって、なんですか？」

「そんなの決まってるだろうが！　昨日の……」

海辺で見た亡霊が脳裏に浮かび、ぶるっと身を震わせた時和だったが、急いで誤魔化す。

「つまり、あれだ。部屋が暗いと気持ちも暗くなるってことだ。……それより、顔を洗い終わったなら朝飯を食いに行くぞ。ここにはろくに、調味料もないからな」

道雄は濡れた前髪の張りついた顔で、ぐるりと段ボールだらけの部屋を見回した。

「はい。あの、もしかして、引っ越してきたばかりなんですか？」

プルオーバーのパーカーの上に、ジップアップの厚手のジャケットを羽織りつつ、時和はうなずく。

「まあな。支度ができたらさっさと行くぞ、腹が減った」

朝食をとりつつ改めて話を聞き、場合によっては亜矢菜という彼女の実家に行ってもいい、と時和は考えていた。

本当にストーカー行為でもされたら困るし、刑事といっても、時和はまだ着任していない。引っ越し準備として有給をとっているため、時間がある。

（それに正直、ひとりでいたくない。またあの亡霊が出たら、たまらないからな）

時和は心の中で、こっそりとそう考えた。

「あっ。おはようございます！　２０４号室に入られた方ですよね？　本庁の捜査一課から異動されてくる方がいるという、話は聞いています。もしかして、時和巡査部長でしょうか」

寮の廊下へ出ると、いきなり背後から声をかけられた。

新人なのか、かなり年下に見えるスーツ姿の青年が、やたら屈託のない笑顔をこちらに向けてくる。

「ああ。お隣さん？　時和龍之介《りゅうのすけ》だ。三日後に着任するからよろしく」

時和は彫りが深い顔立ちで眼光が鋭いため、黙っていると怖いと言われることがたびたびある。

実際、あまり愛想がいいほうではないのだが、相手の笑顔につられるようにして右手を差し出すと、青年は嬉《うれ》しそうに握手に応じた。

「やはりそうでしたか。自分は、江波戸《えばと》巡査です！　こちらこそ、よろしくお願いいたします！　ところで、そちらの方はお客さんでしょうか」

江波戸は不思議そうに、時和の背後にいる道雄を見る。

「いや、旅行者だがわけありで、一晩俺の部屋で保護した」

「着任前なのにですか？　優しいんですね、時和巡査部長は！」

優しいなどと言われて、時和は面食らう。

「別にそうじゃない。放っておけなかっただけだ」

「やっぱり優しいですよ。見た目は怖そうですけど！」

誉《ほ》められているのか、けなされているのかわからない。

時和は肩をすくめた。

「そんなことより江波戸巡査。聞きたいことがある」

「はいっ。なんでしょう。僕が知っていることなら、喜んでお答えします」

時和は、あまり口にしたくないと思いながらも、得体の知れない女がつぶやいた言葉について尋ねてみる。

「この島に伝わる和歌だか童歌だかで、こんなのはないか。確か……たまのも、むすびからめて、よろづやも——。彼も地元民じゃないせいか、聞いたことがないらしい」

道雄を親指で示して言うと、江波戸は困ったようにガリガリと頭をかいた。

「いや、すみません。僕は一応、流麗島で生まれ育ったんですけど、ここは山間部の東西と漁村、それに町中の観光地で、文化がかなり違うんですよ。僕は観光地の生まれなんで、ほとんどそういう伝統の類いと、縁がないんです」

確かに江波戸がそう釈明する程度には、広い島だった。面積はここから北西に位置する、伊豆大島のおよそ三倍。人口は約四万八千人。

山間部は東京都の奥多摩《おくたま》地域くらいの広さがあり、観光地と漁村も、それぞれ二十三区の大きな区くらいの面積は、充分にあるだろう。

ならば、観光案内所か民俗資料館にでも行ってみるか、と時和が考えかけたとき、江波戸がポケットからスマホを出した。

「でも島の伝統文化についてなら、ネットで調べてもわからないことまで詳しい人がいますから、ぜひ聞きに行ってみてください。どっちみち仕事で、いずれお世話になることがあると思うんで」

自然と番号を交換する流れになり、すぐに江波戸から、ショートメールが送られてきた。

そこには、こう書いてある。

——東帝《とうてい》大学流麗島校舎　文化人類学部准教授・樹神彗——

ふうん、と時和は顔をしかめる。

「東帝大の先生か。珍しい苗字《みょうじ》だな。きがみ……きじん？　下は、彗星《すいせい》の彗だよな」

「樹《き》の神と書いて、コダマ准教授ですよ。下のお名前は、ケイと読むそうです。僕も最初読めなくて、ご本人に教えてもらいました」

江波戸はそう言って、警察官とは思えない幼さの残る顔で笑った。

近くの定食屋で朝食を終えると、すぐ近くのバス停からバスに乗り、時和と道雄は東帝大学流麗島校舎を訪ねた。

大学といっても、この島には文化人類学部と民俗学部、海洋学部しかないそうで、建物も敷地も規模は小さい。

「ねえ、刑事さん。ここで、その准教授さんにお話を聞くのと、僕の恋愛問題と、なにか関係あるんでしょうか」

あまり広くないキャンパスを歩きながら、道雄が相変わらず、どんよりとした顔で聞いてくる。

海水に浸《つ》かった道雄の服は昨晩のうちに、寮のランドリーで洗って乾燥機にかけてある。しかし、古い型の乾燥機のせいか上着もパンツもくしゃくしゃで、それが余計に道雄を哀れな様子に見せていた。

時和は樹神の所在を尋ねるべく、校舎の受付を探しつつ答える。

「ああ。勘だけどな。関係あると思う」

「それって、刑事の勘ってやつですか？」

まあそうだ、と無表情で時和は答えたが、実際は違った。

職業とは無関係の、幼いころからの第六感のようなものだと、自分では思っている。

やがて受付を見つけ、警察だと名乗ると、職員は慣れた様子で樹神の研究室の場所を教えてくれた。

研究室は校舎の裏手の渡り廊下で繋《つな》がった、離れのような小さな建物にあった。

校舎の裏手は林のようになっており、廊下は枯れ葉で半分埋まっている。

弱い風が吹くだけで、カサカサとそこら中で乾いた音がした。

「すみません。流麗島警察署のものですが」

木製の扉をノックすると、『どうぞ』と中から声がする。

「……失礼します」

言いながら扉を開けると、そこは古本と奇妙な道具で埋まった、アンティークショップのような様相を呈していた。

右手にデスクとチェアがあり、すらりとした男が洒落《しゃれ》た眼鏡をかけ、いかにも高価そうなスーツに身を包んでいる。

瞳も肌も色素が薄く、年齢は時和と同じ三十代前半くらいだと思うのだが、髪には大量に白いものが混じっていた。

それでいて異様なまでに顔立ちが整っているせいか、非人間的な雰囲気がある。

その薄い唇が開き、最初に発した言葉は。

「あのー。漬物、食べませんか？」

呑気《のんき》な声に、はあ？　と時和は思わず、道雄と顔を見合わせる。

「ええとですね、私、趣味なんですよ。自分で作ったものを、人に振る舞うのが。お茶請けにどうぞ」

樹神はいそいそと小型の冷蔵庫から、真空パックのビニール袋を取り出した。

近寄りがたく思える外見に反して、意外にもフランクな人柄らしい。

「佐鳥《さとり》くーん、お茶淹《い》れて」

明るい声で樹神が呼ぶと、本棚の立ち並ぶ部屋の奥のほうから、小柄な女性が顔を出す。

「先生、初対面のお客様に、いきなりビニール袋から漬物を取り出して食べさせるのはやめましょう、軽く罰ゲームです」

つぶらな目をした、小動物を思わせる顔立ちの佐鳥と呼ばれた女性は、眉をひそめて言う。

けれど樹神に、気にした様子はなかった。

「どうして。きみは潔癖すぎるから、そんなふうに思うんだよ。さあどうぞどうぞ、そこに座って。これ今回、自信作なんですけどね。アチャールっていう、インド風の漬物なんです」

言いながら小皿を用意した樹神だったが、あっ、と思い出したように言った。

「しまった、まだ名乗ってもいませんでしたっけ。私が樹神です。受付から連絡が入りましたが、江波戸くんからも、おふたりが訪問予定だというメールをいただいていました」

どうもかなり風変わりな准教授らしい、と思いながら、時和も自己紹介をした。

「急に押しかけて、申し訳ありません。自分は流麗島署の時和です。こちらは広田道雄さん。少しだけ、先生にお話をうかがいたいことがあるんです」

「これはご丁寧に、どうも。巡査部長さんですか」

差し出した名刺を受け取って、樹神は自分の名刺を内ポケットから出し、こちらに渡す。

「今日は午後からの講義だけなので、時間はあります。そこの椅子を使ってください」

細い指先が示した先に、古い長椅子と、木製のローテーブルがあった。

「では失礼して、座らせてもらいます」

道雄と並んで自分も座った時和は、研究室の中を見回した。

(すごい数の本だ。タイトルを見ても、何語なのかすらわからないのもある。あの道具は、

占いとかそんな関係のやつか？　しかし、ちょっと懐かしい感じもするな）

それは時和の実家が、骨董品店《こっとうひんてん》を営んでいるせいかもしれない。

古本や古道具の匂い、木の床の軋《きし》む音などが両親の店を想起させ、思わずしんみりした気持ちになった。

「はい、どうぞ。多分、美味《おい》しいはずです」

ローテーブルにアチャールの小皿を置いた樹神は、自分はデスクチェアに座り、こちらを向く。

すみません、と謝りながら、黒髪をぎゅっとひとつに結んだ佐鳥が、緑茶の入った湯呑《ゆの》みを持ってきてくれた。

「うちの先生の趣味におつき合いさせてしまいまして。自分じゃほとんど食べないくせに、やたらと作るのが好きなんです」

「小食なものでね。でも、料理って実験みたいで面白いですし、捨てるのは勿体《もったい》ないじゃないですか。あ、こちらは助手の佐鳥くんです」

にこにこと笑いながら、樹神は話をうながしてくる。

「それで、私に聞きたいことというのは？」

「実は、恋人との別れ話が発端で、この青年……広田さんが海で自殺を図りまして」

事前に、すべて話していいという許可を道雄からとっていたので、淡々と時和はことの経緯を説明した。

ほう、というように眼鏡の奥の、樹神の瞳が光る。

「時和さんが、現場を発見して止めたというわけですか」

「そうですが……発見したというより」

時和は言葉を切り、少し考えてから続けた。

「浜辺にいた女が、沖に出て行こうとする彼の存在を教えてくれたんです。その女が口ずさんでいた和歌のような言葉の意味がわからず、気になっていたところ、江波戸に先生を紹介されて」

「なるほど、言葉の意味ですか。しかし、その女性はどういうつもりで口ずさんでいたんでしょう。入水《じゅすい》自殺を他人に教えるなどという状況では、彼女もかなり慌てていたんじゃないですか」

興味深そうに尋ねられ、時和は眉を寄せる。

「申し訳ないですが、彼女についてはあまり、追及しないでください」

「なにか事情が？」

ええ、まあ、と時和はその部分については、言葉を濁した。

「こちらとしても、あの状況下でどうしてという疑問があって、お尋ねしているんです。ちょっと記憶が曖昧なんですが。……玉の桃、蒸して固めて、よろず桃」

それを聞いた瞬間、樹神は佐鳥と目を見交わして、ふふっと笑った。

「ものすごく、間違って覚えているようですね」

「ですよね！　桃は蒸してなかったですよ、前に聞いたときは」

道雄にまで突っ込まれ、時和は顔を赤くする。

「こんな使い慣れない言葉、覚えていられるか。大体の雰囲気は合ってるはずだ」

すると樹神が、確かに、と受け合った。

「すぐにわかりましたよ」

「知ってるんですか、先生」

ええ、と樹神はうなずいてから、チラ、と減っていない小皿を見た。

「アチャールの、味の感想を教えてくれたら教えます」

「ああ……。はい」

面倒だなと思いつつも、時和と道雄はそえてある爪楊枝《つまようじ》で、玉ねぎの漬物を食べてみた。

どうです？　と言うように目をキラキラさせている樹神に、正直に時和は答える。

「……初めて食った味です。エスニックな感じだ。酒のつまみにいいかもしれない」

「マスタード、入ってますよね。うん、なかなか美味しいです」

気に入ったのか、道雄はパクパクと食べていた。

「それはよかった。香辛料のガラムマサラが利いてるでしょう？」

嬉《うれ》しそうな樹神を、時和は急《せ》かす。

「というわけで、感想は言いましたよ」

樹神は苦笑してうなずいた。

「わかってます、では教えましょう。たまのをを、むすびかためて、よろづよも、みむすびのかみ云々《うんぬん》……と続くんですけれどもね。島の北西地域に広く伝わっている、神道の『言霊延命法《ことだまえんめいほう》』のまじないです」

「延命、法？　それはつまり、命を延ばす、という意味ですよね」

思わず時和は、眉間の皺《しわ》を深くして聞き返した。

「なにかの間違いじゃないですか？」

「というと？」

「死んでる人間が唱えるような呪文じゃないな、と」

言ってから時和は、しまった、と口をつぐんだ。けれど樹神は聞き逃さずに、追及してくる。

「死んでいる人間？　幽霊が言ったとでも言うんですか。だとしたら、興味深い」

「言い間違いをしただけです。……そう、死んだような顔色をしていたというか」

「なんの話なんですか、いったい」

　お茶を飲んでいた道雄が、不審そうに口を挟んできた。

「変なことを言う刑事さんだと思ってたんです。そもそも、女って言いますけど、あのとき浜辺には誰もいなかったですよね？　帰りに誰ともすれ違わなかったですし」

「お前を助けに、海に入る前には確かにいたんだ」

　時和の言葉に、道雄は唇を尖《とが》らせる。

「そんなに速く移動できないでしょ。あんな広い浜辺で、身を隠す場所もなかったし。その女が、僕に向けてその呪文みたいなものを唱えたんですか？」

　言ってから道雄は、ハッと顔を上げた。

「ま、まさか亜矢菜が」

「いや。亜矢菜さんてのは、話によるとロングヘアでふっくらしているんだろう？　その女は、短い髪でかなり痩せていた」

　ふんふん、と話を聞いていた樹神は身を乗り出す。

「なぜか延命法を唱えていた挙動不審の女は、ありえない速度で広い浜辺から姿を消した。

であれば正体は、人ならざるもの、という可能性はないでしょうか」

「違う！　バカバカしい」

ぞわっ、と鳥肌が立って、時和は思わず声を張り上げた。

「確かに怪しい女だったが、幽霊なんてものは存在しない！　大学の准教授が、そんな非科学的なことを言うのか」

そんな時和の態度など意に介さず、樹神はさらに食いついてくる。

「いやいや、そう断言するのは早計でしょう。世の中には、科学ではわからないことがたくさんありますよ。特にこの島では、怪異の目撃談が多いんです。文化人類学という学問は、一般的な意味での文化はもちろん、国内外の民話や因習、呪術なども深く学びます。常識や価値観というものが、地域ごとでまったく違うというのは、珍しくもなんともない……」

時和は樹神の話を、手のひらを向けてさえぎった。

「悪いが、もういい。そういう話には興味がない」

樹神はきょとんとした顔をする。

「なにを言っているんです。あなたが尋ねたのは、まさにまじないの一種。科学では解明できない事象ですよ？」

「そうとは知らなかった。ただの和歌だと思ったし、それなら恋文ってこともあるだろうから、こいつの痴話喧嘩《ちわげんか》と関係あるかもしれないと思っただけだ。俺はオカルトじみた話は嫌いなんだ」

そう吐き捨てた時和は、樹神に対して丁寧語を使うことすら忘れていた。

幼いころから幽霊やら妖怪やらの話が出ると、反射的にムキになって否定するほどの、拒絶反応が出てしまう。

そんな自分を見る、いぶかしげな樹神の視線に気がついて、時和は椅子から腰を浮かせる。

「失礼。言葉が過ぎました。意味を教えてもらったことについては、感謝します。……ではこれで」

「待ってください」

慌てたように、樹神も立ち上がった。

「これからどちらに？」

「相手の女性のご実家を訪ねて、まず彼の話のどこまでが事実なのかを確かめた後、彼女から真意を聞く予定です。警察が間に入っていれば、彼女のご両親としても、娘がストーカーされる心配もなくていいだろうと」

「僕は彼女をあきらめられるだけの、納得のいく理由を彼女の口から聞きたいんです！　おかしいと思うかもしれませんが、それくらい、本気だったんですから！」

なるほど、とうなずいた樹神は、なぜかワクワクしている様子で、ノバチェックのライナーがついたトレンチコートに急いで袖を通す。そしてスマホと、車のキーを手に取った。

「それでは、私がそのご実家まで送りましょう。バスの本数は少ないですし。それになにより……正体不明の存在が延命法の呪文をつぶやいていた、というお話は、注目に値します！」

いそいそとドアに向かう樹神の目は、好奇心に輝いている。

「待ってくれ、先生。ついてきていいとは言ってな……言ってませんよ」

慌てる時和に、樹神はにっこりと笑った。

「私に、無理に丁寧な言葉は使わなくて結構ですよ。お話を聞くに、どうやらこれは事件ではない。つまり、警察のお仕事ではないんですよね？　それでしたら広田さん。私も同行してよろしいですか？」

道雄はとまどいつつ、うなずいた。

「別に構いませんけれど。僕の邪魔をしないでくれるなら」

「もちろん、邪魔をするつもりはありませんよ。ああ、そうだ。手土産に、アチャールを

「やめておくべきです、先生。見ず知らずの人が訪ねてきて、ビニール袋入りの漬物を渡してきたら、私なら即座に追い出して鍵をかけます」

「佐鳥くんは厳しいなあ」

ぴしりと言われ、樹神は悲しそうな顔になったが、道雄はいいことを思いついたというように、表情を明るくした。

「そうだ。この島の大学の先生まで一緒に来てくれたら、亜矢菜の両親は僕を見直して信用してくれるかもしれない。お願いします。亜矢菜と会わせてくれるよう、頼んでみてください！」

頼まれた樹神は少し迷うように、軽く首を傾《かし》げた。

「そうですねえ。では状況を見て可能だと判断したら、協力しましょう」

「やった！　ありがとうございます、先生！」

道雄にそう言われてしまうと、時和としては樹神の同行を断れなくなる。

「先生！　外出されるならこれを」

佐鳥が駆け寄り手袋とスカーフ、そしてなぜか小さな黒い傘を樹神に渡した。

ありがとう、と樹神は優雅に受け取った手袋をはめ、傘を持つ。

のだった。

「では行きましょうか」

樹神にドアを開かれて、時和は仕方なく三人で、亜矢菜の実家へと向かうことになった

「あっ、樹神准教授、発見！」

「ホントだ。トレードマークの、黒い日傘！　一緒にいるの誰だろ。今話しかけちゃまずいよね」

「雑誌の取材とかかな、話せていいなあ。講義、いつも満員だし」

「樹神研究会のサークルに入ると、文化祭やお正月にお茶会あるって聞いたよ」

「あれってようはファンクラブでしょ。人数多すぎて講義と変わんないじゃん」

大学の駐車場に向かう途中、あちこちから何度か黄色い声が浴びせられて、時和は辟易《へきえき》していた。

どうやら樹神には、熱心なファンとも言うべき女子大生たちがいるらしい。

実際、黒い手袋と黒い傘は奇妙なまでに樹神に似合っていて、いかにも非凡でファンタジックな雰囲気を醸し出している。

「一緒にいる男ふたり、どいて欲しい。先生の写真撮りたいのに、フレームに入っちゃう」

遠慮なく邪魔者扱いする声を聞いて、さすがに時和はカチンときた。

「――その日傘。准教授って仕事は美容にまで気を遣わなきゃならないのか」

少し揶揄《やゆ》するように言ってやると、樹神は苦笑する。

「私、日光過敏症なんですよ。アレルギーみたいなもんです。日差しにさらされていると赤くなって、凄《すさ》まじく痒《かゆ》い蕁麻疹《じんましん》が出るので」

あっ、と時和は自分の早合点《はやがてん》を恥じた。

「それは……知らなかったとはいえ、悪かった。申し訳ない」

即座に謝罪したが、樹神に気にした様子はなかった。

「見た目でわからないのは当然ですから、どうかお気になさらず。私の症状はごく軽い部類ですし。冬でも日傘、夏でも手袋必須で、困ったものです」

言いながら駐車場に到着した樹神の愛車は、赤いアルファロメオだった。

ライトが丸く、独特の逆三角形のフロントグリルのせいか、一目見たら忘れられない、幼虫のような愛嬌《あいきょう》ある外観をしている。

ツードアの小型車だが、四人乗ることも可能なので、後部座席に小柄な道雄が座った。

「ところで時和さんは、怪奇談がお嫌いなようですが。この島には本当に、不可思議なことがよく起こるんですよ」

車を発進させた樹神は正面を向いたまま、助手席の時和に言う。

嫌なことを聞いてしまった、と思いつつ、時和は平静を装っていた。

「……そうなのか。でも、どうして。なにか根拠でも？」

樹神はよくぞ聞いてくれました、とでも言いたげな、嬉《うれ》しそうな顔で話し出した。

「ここは、平安時代から流刑地とされていたんです。罪人だけでなく政敵、朝敵とされた陰陽道《おんみょうどう》の使い手、宮司、修験道の行者さんなんかも送られてきたようです」

「島流し、っていう刑罰の一種なんですよね。亜矢菜から聞いたことがあります」

背後からの道雄の言葉に、樹神が答える。

「そうなんですよ。流麗島、という名前も響きは美しいですが、実は幽霊、流刑から転じた名前、と言われています。恨みを抱えて亡くなった方も多いでしょうから」

おいおいなんてことだ、と時和は心の中で、絶望していた。

どうやら自分は苦手なものの真っただ中に、送りこまれてきたらしい。

「どうしました。顔色が悪いですよ。車に酔いましたか？」

ちらりとこちらを見た樹神に、なんでもない、と時和は仏頂面で答える。

「ならいいですが。ともかくそうした先祖を持つ住民もいますし、地域ごとに熱心に、陰陽術や神道を信仰しているんです。独特な行事も多いですしね。文化を調べ、教える私の職場としては、ぴったりなんですよ」

「先生は、この島の生まれなのか」

「ええ。大学は東京でしたが、本土から客観的に見たとき初めて、この島に残る信仰や伝承の豊かさに気がついたんです。卒業後、アフリカやインドに渡って、それぞれの地の呪術や教義にも触れましたが、結局は故郷に根を下ろそうと決めました」

「なるほど。外から見ないとわからないことも、あるのかもしれないな」

時和は眉をひそめ、窓から外を眺めて言う。

大学から町場へ続く道は整備されており、廃墟《はいきょ》などもほとんどない。

荒れた感じはしないのだが、それでも妙に寂しい雰囲気がある。

（それに……明るい真っ昼間で人と一緒にいる状況なのに、やっぱり妙な気配を感じる）

時和はそんなことを考えて、時おりザワッと鳥肌が立つうなじを、そっと撫《な》でた。

二十分ほどして広田道雄を振った女性、岡本亜矢菜の実家に到着すると、時和はひとりで車を降りた。

二階建ての木造で、ベランダには洗濯物がはためき、玄関の周りなどはきちんと片付いている。これといって特徴のない、どこにでもよくありそうな一軒家だ。

まずは道雄の話が嘘《うそ》でないか確かめ、もし亜矢菜本人が在宅していたら、ふたりで話す段取りをつけてやろうと考えていた。

そうしてインターホンを押すと、背後で車のドアの開閉音がする。

「私も行きますよ」

ちょこんと日傘を差し、いそいそと背後に立った樹神を、時和は横目で見た。

「野次馬根性が強いんだな、先生は」

「知的探求心と言ってください。それに広田さんにも、親御さんの説得を頼まれましたからね。時和さんは背が高いし、なかなか男前だとは思いますが、喧嘩《けんか》の仲裁には不向きのように見えますよ。刑事さんはやっぱり、目が怖いですから。雰囲気が物騒というか、狼《おおかみ》っぽいというか」

「今回は、刑事として動いているわけじゃない。それに先生みたいなインテリ風じゃないのは確かだが、俺の見た目については余計なお世話だ」

「これは失礼。しかし個人的に助けてあげるなんて、随分と優しくて親切ですね。こんなふうに人情で動いていたら、刑事という非情さが要求されるお仕事は大変そうだ」

それは誉《ほ》め言葉というより、皮肉のように聞こえ、時和は唇を歪《ゆが》める。

「これも犯罪防止の一環なんだよ」

時和としては、もちろん道雄の自殺願望とストーカー化を止めたい、という思いがある。けれど、昨夜《ゆうべ》から時和につきまとっている嫌な寒気の正体が知りたい、という気持ちも大きかった。

『……どちらさま？　セールスや勧誘なら、お断りします』

随分と間を置いて、インターホンのマイクから、警戒しているようなトゲのある声が返ってくる。

「お騒がせして、申し訳ありません。流麗島警察署のものです」

『警察？　……ちょ、ちょっとお待ちください』

無理もないが、慌てたような声がインターホン越しに返ってきた。

と、小声で樹神が囁《ささや》いてくる。

「やっぱりアチャール、持ってきたほうがよかったですかね？　手土産があったほうが、心を開いてくれそうじゃないですか」

「……いや、ビニール袋入りの漬物にそんな効果はないと思う」

どこかズレている樹神の言葉に呆《あき》れていると、しばらくしてドアが開いた。

顔を出したのは中年の女性で、どうやら亜矢菜の母親らしい。

平日のため父親は不在とのことだったが、事情を話すと母親はなんとも言えない複雑な表情になる。

「広田さんという青年ですか。はい、確かに先日、うちへいらっしゃいましたけれど。そうですか……自殺未遂。なんてバカな真似《まね》を」

「亜矢菜さんがいらっしゃいましたら、少しお話を聞かせていただけないでしょうか。どうしても気持ちが変わらないようでしたら、広田にはきっぱりあきらめろと説得しますので。それに、つきまとったり、ご自宅周辺をうろついたりしないよう、厳重に注意もしておきます」

丁重に言うと、母親は困惑した様子だったが、やがてうなずいた。

「では……こちらにどうぞ。お茶を淹《い》れますので、お話ししましょう」

樹神と一緒に家に上げてもらった時和は、母親の態度と表情になにか胸騒ぎと違和感を覚えつつ、廊下を進んだ。

そして案内されて居間に入った瞬間、息を呑《の》んで棒立ちになる。

「——岡本さん。こちらは、まさか」

言葉を失っている時和に代わり、尋ねた樹神の視線の先にあったものは。

背の高い台に載せられた、小型の鳥居のようなものと、両側に飾られた榊《さかき》の枝。

そして白い布に包まれた箱とその横に置かれた、何枚かの若い女性の写真が入った額縁だった。

どうぞ、とふたりに座布団を勧めながら、母親はひとつ深い溜め息《たいき》をつき、事情を語り始めた。

「ええ。娘の亜矢菜の遺影と遺骨です。半月ほど前に、病院で息を引き取りました」

「嘘だ、嘘だ、僕は信じません、そんなこと！」

亜矢菜の実家近くに停《と》めた車に戻り、車内で事情を説明すると、狭い後部座席で駄々っ子のように、道雄は首を横に振った。

「ふたりとも、なにか亜矢菜と母親に言いくるめられたんでしょう？　僕があきらめるように、作り話を考えて！　そんなものに騙《だま》されませんよ！」

俺だって信じたくない、と思いながら時和はなだめるように言う。

「あのなあ。俺は刑事だぞ。そんな嘘を言えるか。第一、不謹慎だ」

「だって、亜矢菜は元気だったんだ！　最後に会ったときには、風邪だって言って、少し顔色が……悪かったけれど……」

思い出すうちに、心当たりがあったのか、道雄の声は小さくなっていく。

「そういえば、ちょっと痩せたみたいだったかな。でも、ダイエットしてるとか言ってたし……いやいや、そんなバカな。だって僕は、何も聞いていないし」

「広田さん。私は第三者です。彼ほど世話焼きではないですし、刑事としての責務からあなたを助けたいわけでもない。無関係な立場です」

取り乱している道雄に、淡々と樹神が告げた。

「その私が断言します。こちらの御宅《おたく》の居間には、亜矢菜さんの霊璽《れいじ》が納められた、御霊《み たま》舎《や》がありました」

「れーじが納められた、みたまや？　なんですか、それ」

混乱している様子の道雄に、樹神は説明する。

「仏教で言うところの、御位牌《ごいはい》と御仏壇と思ってください。まだ納骨されていなかったので、お骨箱もありました。お母様が言うには、娘さんの亜矢菜さんは、半年前に自らの余命を医師に告げられ、あなたに嫌われる決心をしていたそうです」

「おっ、お骨箱……？　嫌われる、決心？」

道雄は顔を上げ、運転席の樹神を、すがるように見る。

ええ、と樹神は道雄を落ち着かせるように、ゆっくりうなずいた。

そして、低く静かな声で続ける。

「亜矢菜さんはご両親に、結婚を考えていた彼氏がいた、と言っていたそうです。でもその相手は、優しいけれど気が弱く、自分がいないと駄目な人だった。会社でいやなことがあるたびに、口癖のように死にたいと言っていたとも。あなたのことですよね、広田さん。だから自分が病死したと知ったら、彼は後追い自殺をするかもしれない。それを心配した亜矢菜さんは、自分のことは忘れてもらいたいと考えて、あなたに嫌われるために、ひどいことを言ったんだそうです」

「……そんな。ほ、本当に亜矢菜が。もう、いない……」

まだ信じられない様子の道雄に、後を引き取るように時和が言う。

「自分など忘れて前を向いて欲しい。だから万が一彼が来ても言わないでくれ。ご両親は亜矢菜さんに、そう口止めされたと言ってた。それでもお前が自殺しようとしたと知って、お母さんが打ち明けてくれたんだ」

道雄はようやく、亜矢菜が死んだのだという事実が、呑み込めてきたらしい。

口を丸くぽかんと開き、目も見開き、宙を見据えてわなわなと震え出す。

「あ、亜矢菜。亜矢菜が……あんなに陽気で、いつも笑って、僕のことをあんなに大好きになってくれた亜矢菜が、死んだ？　もう二度と会えない？　む、無理だ、耐えられない、悪夢みたいだ……！」

ううう、と道雄は両手で顔を覆い、わあっ、と身体《からだ》を折って号泣しだした。

「や、やっぱりあのとき、海で死んでいればよかった！　そうしたらなにも知らないまま、こんな悲しい思いをしないで済んだのに！　亜矢菜の傍《そば》に行けたのに！　苦しまないで済んだのに！」

とりあえず、気が済むまで泣かせてやるべきだと思い、時和は口を閉じる。

運転席の樹神も、黙ったまま愛車の天井を見つめていた。

だがひとしきり泣いた後、『死のう』とつぶやいた道雄に、助手席の時和は思わず身体ごと振り向いた。

「なあ。あの夜の海で、どうして俺がお前を見つけられたと思う？」

「――えっ？　だ、だってそれは、刑事さんですし」

「真っ暗な砂浜に俺はいて、お前は浜辺からかなり離れた海の中にいた。海面から出ていたのは、肩から上の黒い頭だけだ。よほど気を付けて捜すつもりで見ていなければ、わかるはずがない。奇跡的な偶然でもあれば別だろうけどな」

「そ、それじゃ、どうしてですか。放っておいてくれたら、僕は今頃、天国で亜矢菜と再会できていたかも……」

「いい加減にしろ！」

道雄の、あまりの心の弱さに憤り、時和は冷静でいられなくなる。

「あのとき、俺は確かに見た。この家の座敷に飾ってあった遺影と同じ姿の女性が、お前のいる場所を指差したのを。聞いていた特徴とは違って、闘病のためなのか髪を短く切って痩せてたが、確かにあれは亜矢菜さんだった。彼女が指差した方向をよく見たからこそ、入水《じゅすい》の現場を見つけられたんだ。彼女がお前を、生かそうとしたんだよ！」

道雄は、困惑した顔になる。

「亜矢菜が？　ど、どういうことですか、幽霊ってことですか？」

「そうかもしれませんね。そしてね、広田さん」

穏やかな声で言ったのは樹神だ。

「その女性のつぶやいていた、『言霊延命法』という、神道のまじないなんですが。長生きを願うこともあれば、病人の命を少しでも延ばしたいときに使います。病床でご両親も亜矢菜さんも、一生懸命唱えていたそうですよ。お母様は、それで少しは長く生きられたと思いたい、と言っておられました」

「それを、お前に向けて彼女は唱えていたんだぞ！」

今の時和は亡霊と化した亜矢菜に遭遇した恐怖より、その想《おも》いに胸を打たれていた。

「長生きしてくれと、幽霊になってまでお前を心配してたんだ。大好きな恋人に自分は嫌われてでも、後追い自殺なんかして欲しくなかった。その亜矢菜さんの気持ちが、わからないのか？」

その言葉を聞くうちに、道雄の頬に新たな涙が、ぼろぼろと零《こぼ》れ落《お》ちていく。

「でも……ぼ、僕は、彼女がいなくなって、こ、これから、なにを支えにして、生きればいいのか」

「そういう性格だから、亜矢菜さんは事実が言えなかったんだろうな」

これが自分の友達だったら、しっかりしろとぶん殴ってやっただろう。

だが、亜矢菜の気持ちを思うと、そうするのもはばかられる。

時和は、ふう、と息をついて気を静めた。

そしてポケットの中から白いマスコット人形を取り出し、道雄に渡す。

「受け取れ。お母さんから、渡して欲しいと頼まれた」

差し出されたそれを見た瞬間、道雄はハッとした顔になった。

「見覚えがあるか？　亜矢菜さんが病院で療養中、ずっと持っていたというマスコットだ。お守りのようにして、大切にしていたらしい」

「は、はい。覚えてます。これは去年、旅行先のホテルの土産物店で買ったもので……その夜、台風で、ホテルが停電になったんです」

この悲痛な場面にまったく相応《ふさわ》しくないそのマスコットは、むちむちした手足の生えた大根が、踊っているようなポーズをとっている小さな人形だ。

刺繍《ししゅう》された表情には愛嬌《あいきょう》があり、見ていると思わず笑いそうになってしまう。

それを見つめるうちに、道雄の涙は止まった。

だがそれは、マスコットの姿が滑稽だからではないらしい。

道雄はひたすら嘆いていたこれまでとは様子が変わり、なにかに感じ入ったように、しんみりと話し出した。

「あのとき、真っ暗なホテルの部屋で、僕らは不安を感じながら、ふたりでソファに座ってたんです。窓を風と雨が叩《たた》きつけるような音がすごくて。でも、非常灯の薄明かりの中で、こいつを見ると笑えてしまって。……これを見てると、怖くなるね、って」

再びじわりと浮かんだ涙を、今度は道雄は、ぐっと呑み込んだ。

「そうだ……亜矢菜だって、怖かったんだ。当たり前じゃないか、余命を告げられたんだから。だからこれを、闘病中のベッドで握ってた。僕よりずっと、苦しかった。辛《つら》かったんだ。僕と一緒に生きていきたかったんだ！　そうですよね？」

真っ赤な目で尋ねられ、力強く時和はうなずく。

「ああ。そうだな。だから必死に『延命法』の呪文を唱えてたんだろう」

時和が言うと、道雄も大きくうなずいた。

「亜矢菜は生まれつき、強かったわけじゃない！　とてつもなく優しいから、だから僕を悲しませまいと、強くあろうと必死だったんだ。自分のことだけでも大変だったのに、僕のことを考えて……！　ほ、本当はこんなマスコットじゃなくて。僕が亜矢菜を、支えてあげられる存在だったら……頼ってもらえるような、強い人間だったらよかったのに……！」

道雄は、一言一言、自分に言い聞かせるように言った。

「僕は、自分が、情けない」

呻《うめ》くように振り絞ったその声には、嘆くだけだった先ほどまでとは違う、力強さがあった。

しばらくの間、道雄は涙をこらえようときつく唇を嚙《か》んで、じっとマスコットを見つめていた。

それから、きっぱりとした声で言う。

「——降ります。もう一度、改めてお母さんにご挨拶させてください。それから……せ、せめて、遺骨でも、遺影でもいい。亜矢菜に言葉を、かけたいです」

車を降りた道雄は、こちらに向かって深く頭を下げた。

そうして、道雄が亜矢菜の実家の門に向かって歩き出したとき、時和は目を見開く。

ショートカットの痩せた女性が、いつの間にか門の前に立っていて、道雄を迎え入れるように、大きく両腕を広げていたからだ。

(――あれは生きた人間じゃない。でなければ、あんなに唐突に現れるはずがない)

その光景に、畏怖と恐怖を覚えつつも、時和は亡霊から目が離せない。

亡霊は道雄を、しっかりと抱き締めるように背中に手を回したが、次の瞬間にはふっと、霧のように消えてしまった。

と同時に時和は、誰かに見られているような気味の悪さも寒気も、すべて感じなくなっていた。

(そうか……。気の弱い恋人が心配で取《と》り憑《つ》いていた亜矢菜さんが、もう大丈夫だと安堵《あんど》して、成仏したのかもしれない。いや、神道だと成仏とは言わないのかな。なんでもいい。心残りがなくなってくれたのなら)

時和はそんなことを考えたが、なにも気がつかない様子で道雄はインターホンを押し、出てきた亜矢菜の母親に、深々と頭を下げている。

やがて許可が下りたらしく、道雄は亜矢菜の実家へと入っていった。

「……時和さん。あなた、もしかして見える人ですか?」

ホッと息をつき、気が緩んでいたところに不意を突かれ、時和は焦って樹神を見た。

「見える？　なんの話だ」

樹神は不思議そうな顔で言う。

「どうしてとぼけるんです。霊魂。そう呼ぶのが不本意ならば、死者の残留思念。死してなお、恋人を案ずる人の心の偉大さ、豊かさ。私は今回の一件に同行してよかった！　感動してしまいました」

頬を紅潮させ、目をキラキラさせている樹神に、時和は激しく苛立《いらだ》った。

「なにを勝手に妄想してるんだ。俺はそういうオカルトの類いが、嫌いだって言っただろうが！」

「嫌いだけれど、見えてしまう？」

「そんなわけないだろう。存在しないものが、どうやって見えるんだ」

「でもさっき、言ったじゃないですか。幽霊になってまで、亜矢菜さんは広田さんを心配していたと」

それは、と時和は苦虫を噛み潰したような顔で弁明する。

「そう言ったほうが、説得力があると思っただけだ」

やれやれと言うように、樹神は肩をすくめた。

「とてもそうは思えません。幽霊の特徴と遺影の写真が一致したとまで、はっきりあなたは口にしていたじゃないですか。確かにお骨箱の傍に飾られた中の一枚、ご両親と一緒に写った病室での写真だけは髪が短かったですね。他の写真と違って、ほっそりしていましたし。……あっ！　わかった！」

樹神は右の拳で左の手のひらを、ポンと打つ。

「もしかして怖がりなんでしょう、時和さん！」

なにが楽しいのか、妙に明るい声で言われ、時和は完全に腹を立てた。

「あんたは俺を人情で動いてると言った。そっちはなんだ、好奇心か？　たとえ研究対象としてどんなに興味があったとしても、勝手な憶測で人の心に、土足でズカズカ踏み込まないでくれ」

言い捨てて、時和は車を降りた。

バン！　と手荒にドアを閉めると、運転席の窓が開いて、樹神の声が追いかけてくる。

「土足で踏み込んだつもりは、まったくないんですが。そんなふうに感じたのなら、申し訳ないです。私が言いたいのは、刑事さんだからって幽霊が怖いのは、仕方がないってことなんです。別に恥ずかしがらなくたって、いいんですよ！」

「そういうところが、土足で踏み込んでくる、と言っているんだ！」

振り向いて怒鳴ると、樹神は残念そうな顔になった。

「それは失礼。で、どこへ行くんですか。バス停まで、結構距離がありますが」

「俺は子供じゃないんだ、どうとでもなる。先生は広田を送るなり、帰るなり、好きにしてくれ」

時和はそう言い放って歩き出した。

(准教授だかなんだか知らないが、無神経な好奇心の対象にされるなんてまっぴらだ！

ともかく広田道雄の件は、これで終わりだ)

空を仰ぎ見ると、澄み渡った青空が広がっている。

ぴーいい、とトンビがゆうゆうと翼を広げて舞っていた。

冷たいきりりとした風が頬を撫《な》で、新しい職場に向けて早く気持ちを切り替えよう、と
時和は思っていたのだが。

自分が怪異から簡単に逃れられない運命なのだと知ったのは、その二日後のことだった。


「本日付で配属となりました、時和龍之介巡査部長です！……が」

流麗島警察署の地下の一室で、時和は着任の挨拶をしながらも、困惑しつつ室内を見回

していた。

もともとは備品置き場でもあったのか、照明は裸電球だし、床と壁はむき出しのコンクリートだ。

デスクは四つだけ。パソコンや電話は新しいものが設置してあるが、壁には島の地図のほか、なにやら奇妙な札が貼ってあったり、棚には古文書のような巻き物や和綴《わと》じ本《ぼん》も置いてある。

「俺は刑事課に配属と聞いていたんですが。ここは、いったい……？」

その部署には、時和もよく知る大柄な主任と、若い警察官が二人しかいなかった。

尋ねた主任の近藤《こんどう》警部が、ぽん、と時和の背中を叩いて白い歯を見せる。

「実はな。本庁からお前を引き抜いたのは俺なんだ」

「えっ？　どういうことですか？」

近藤は、かつて警視庁捜査一課で、局長とあだ名されていた、やり手の男だ。

大柄な見た目と同じく、性格も豪胆で、時和が信頼する先輩刑事だった。

一時期は時和も何度か、同じ事件の捜査に当たったことがある。

政治家や暴力団の絡む大きな事件に関わった後、流麗島署に近藤が異動したため、何かわけありで飛ばされたのだろうと噂《うわさ》されていた。

そして時和もまた、一旦事件性なしと判断された事案を蒸し返し、真犯人を検挙したことが何度かある。

そのため厄介だと上に疎まれて、この島に左遷されたとばかり思っていた。

しかし近藤は、想像もしていなかった事情を語り始めた。

「科学捜査全盛の時代だが、需要があるから、供給される。一応、本庁のお偉いさんの許可も得て招集された部署なんだ。ただしマスコミには非公表だし、もちろんWebにも情報は載せていない。……ここは流麗島署特別オカルト捜査班。通称ゼロ班と呼ばれている」

はあ？　と時和は目を剝《む》いた。

「オカルト捜査？　正気ですか？　ちょっと待ってください、なんだってそんなところに、俺を呼んだんですか！」

近藤の仕事ぶりは尊敬していたが、それとこれとは別だ。冗談ではない、と食って掛かる時和を、まあまあと近藤はなだめる。

「ずっと思っていたんだが、時和。お前どうもなにか、見えてるだろう。徹底的に捜査したはずの事件でも、突然ここを調べるべきだと具体的に進言したり、あそこになにか隠してあると言い当てる。なにもない場所を凝視して、ぶつぶつ言ったりしてな。俺はお前ほどじゃないが、そういうことに関して、異常に勘がいいんだ。だからここに配属してもらった」

「いや、誤解ですよ！　俺はなにも見てないですし、それはたまたま偶然が重なったり、勘が働いたってだけで」

「おい、時和。刑事に嘘《うそ》が通用すると思っているのか？　ましてや、この俺に」

近藤はニヤリと笑い、確かにそうだった、と時和は自分の失態に気づく。

表情、視線の動き、声の調子、わずかな仕草。

そのすべてから、相手の本音を読み取るのに長《た》けている敏腕刑事に小手先の言い訳など、通用するはずがなかった。

いつの頃からか、近藤は時和の不可解な言動に着目して、密《ひそ》かに分析していたに違いない。

仕方ない、と観念しつつ時和は言う。

「俺が理屈で説明できないものを、感じ取ることがあるのは事実です。しかし、だからといってその正体がなんなのかは、俺にも明言できません。怪奇現象に責任なんか、取れないじゃないですか。それなのにまさか秘密裏に、オカルト専門の部署が作られていたとは……」

時和がそう非難しても、近藤にはまったく動じた様子がなかった。

「この島ではな、それこそ理屈で説明できない事件が、頻繁に起こる。そこで二年前に特別な……超感覚があると第三者に認められた人員が集められたんだ。しかし早くも巡査部長がひとり、精神的にまいって退職しちまった」

「それで俺が、補充されたと？」

まあそうだ、と近藤は快活な笑顔を見せたが、なおも時和が不満そうな顔をしていると、真面目な表情になって言う。

「本当にお前が必要なんだ、時和。都心と比較したらもちろん事件は少ないが、迷宮入りが多い。頼む。力を貸してくれ。どんな事件だろうが被害者を救い、真犯人を逮捕すべく、尽力するのは同じだろう？」

「それは……もちろん自分も、そう思っています」

まだ不本意ではあったが警察官である以上、上からの命令が絶対なことくらいは、承知している。そして信頼する先輩にそうまで言われると、これ以上愚痴るような真似《まね》はしたくなかった。

時和はすうと息を吸い、腹をくくる。

「近藤警部がそうまで言われるなら、わかりました。できる限り尽力しましょう」

「おう。よろしく頼む」

ばん、と背中をどやしつけた近藤は、背筋を伸ばして立っている、若手の刑事ふたりに視線を移した。

「よし。じゃあお前たちからも、自己紹介を」

はいっ！　と元気よく言ったのは、先日樹神を紹介した青年だった。

「江波戸宗太《そうた》巡査です！　同じ部署になるだろうとは、思っていました。寮の廊下でお会いしたときに、先週、夢で見た人だと気がついたんです。僕、予知夢を見ることが多くて、それで配属されたので。よろしくお願いします！」

次に一歩前に進み出たのは、きりっとした顔立ちの、ボブカットの美女だ。

「川名小夜美《かわなさよみ》巡査です、よろしくお願いします！　以前は神奈川県警にいたんですが、趣味のタロットリーディングがことごとく当たると評判になって、こちらに異動になりました」

予知夢に、タロット占い。

大丈夫なのだろうか、と時和は内心、溜《た》め息《いき》をつく。

ともあれこの日、時和巡査部長は流麗島警察署に、オカルトゼロ班の一員として着任したのだった。

二章・芸術家の爪

山道の途中に建てられた、木造平屋の一軒家。

そこを訪れた時和《ときわ》と江波戸《えばと》はしばし言葉を失って、呆然《ぼうぜん》と室内を見回していた。

二部屋のうち、畳敷きの十二畳が居住空間になっており、もう一部屋も同様の広さで、板張りのアトリエになっている。

外観はオシャレな山小屋といった雰囲気だったが、中は異様な空間だった。

壁にも床の上にも、ずらりとキャンバスに描かれた絵が並べられているのだが、その作風があまりに独特なのだ。

「なんだか、すごいですね。部屋の中が、色の洪水みたいだ。特にこの絵は、迫力があります。まだ描いてる途中だったのかな」

「そうらしいな。でもこれは……いったいなんなんだ?」

アトリエの中央。イーゼルの上に鎮座した、一枚の絵。

そこに描かれていたのは、中性的で綺麗《きれい》な顔をしてはいるが、明らかに人ではない異形の生物だった。

髪はすべて青い蛇になっていて、目は黄色く、唇は赤く、表情はアルカイックスマイルを浮かべている。

腰に布を巻いただけの上半身裸の真っ白な腹部には、赤ん坊の顔が突き出しており、両方の膝には牙の長い、怪物の顔がついていた。

さらに右手には、髪と同じ青い蛇が巻き付いている。極めつけに気味が悪いのは、首からぶら下がる、髑髏《どくろ》の連なった首飾りだった。

背景には薄い紅色の花が咲き乱れ、その美しさが余計にこの絵を、おどろおどろしいものに見せている。

(山奥の家に籠もって、こんなものを描いてたら、そりゃ精神的にまいってくるだろう。俺だったら金をもらっても御免だ。芸術家ってやつの気が知れない)

時和は眉間に皺《しわ》を寄せて、隣で腕を組んで難しい顔をしている江波戸に尋ねた。

「江波戸。お前、アニメとか漫画が好きって言ってただろ。なんかこういうモンスターに、心当たりはないのか」

ううん、と江波戸は首を傾《かし》げる。

「僕も考えてたんです。髪が蛇といえば、ギリシア神話のメデューサが有名ですけど、あれは女性ですし」

「ああ。姿を見た人間が石になるって怪物だったか」

「そうそう、それです。だとしたら、この絵は乳房がないけど女性なのかな。お腹《なか》に子供の顔があるのは、妊娠してるってことかも」

「じゃあこっちの絵も、ギリシア神話の登場人物か？」

言って時和が指差したのは、棚の上に立てかけられていたキャンバスの絵だ。

そこには顔だけが鳥で身体《からだ》は人間という、やはり想像上の生き物としか思えないものが描かれている。

「ええ、多分。うろ覚えですけど、ハーピーっていうのが……いや、あれは顔が人で身体が鳥だったっけかな……」

時和と江波戸を囲んでいたのは、すべてがそうした、あやしい怪物としか思えないものたちの絵だった。

昨日の午後、このアトリエ兼自宅に住んでいた五十嵐礼司《いがらしれいじ》が、外出中に山道で転倒後、沢に滑落。

発見者の通報を受け、病院に収容されたものの、死亡が確認された。

死因は転倒時に頭を岩に打ち付けたことによる、頭蓋骨陥没と脳内出血。

五十嵐がなにか喚《わめ》きながら山道を走っていた、という目撃証言があり、アルコールの血中濃度が高かったため、泥酔して暴れた結果の事故死ではないか、と今のところ見られている。

だが、不自然な点がいくつかあった。

通報してきたのは、第一発見者であり、五十嵐の大学時代の映画鑑賞サークルの友人、原裕斗《はらゆうと》、二十三歳。

住居は島外で、五十嵐とは同い年であり、親友だったという。現在は、宿泊先のホテルに待機させている。

署で事情を聞いている間中、原は細面の顔を涙で濡《ぬ》らしていた。

『もう少し早く、俺が五十嵐に会いに来ていれば。こんなことにならなかったかもしれないのに』

原が五十嵐の家を訪ねたとき、すでに家には誰もおらず、玄関のドアは開いたままだったようだ。

不審に思った原が室内に入り、風呂場やトイレのドアを開けてみたが、五十嵐の姿はどこにもなかったという。

そこで家の周辺を探していたら、血痕のついた岩と、沢に倒れている五十嵐を発見したという。

『一週間くらい前かな。なんだか胸騒ぎがして、五十嵐に元気か、って電話をしたんです。そうしたら、自分が描いた怪物が絵から出てきて、自分を襲うような気がする、助けてくれって言われました。昔から酒は好きでしたけど、最近、絵画コンクールで落選して以来、ずっと飲み続けているようでした。これは病的だと俺は心配して、それで今日やっと時間を見つけて、会いに来たんです。ホテルにチェックインする前に、すぐに家に向かえばよかった。ああ、俺は、五十嵐を救えなかった。なんてことだ』

調書を取っている間、心中を表すように原の髪は乱れ、署の中でも分厚いダウンを脱ぐことすら、忘れているようだった。

頼りないパイプ椅子に座って頭を抱え、原は嘆きながら話し続けた。

『――でも俺、思ったんです。絵に描かれた怪物、俺に似ていませんか。もしかしてあいつは親友の俺のことで、頭がいっぱいだったのかもしれない。俺は都内でデザイナーになって成功したし、五十嵐が別れた彼女と、つき合ったりしてたので』

原は涙を拭い、しゃくりあげながら続けた。

『俺は五十嵐にとって宿命のライバルだったんだと、あの絵を見て、確信しました。髑髏が描かれているのは、きっとメメント・モリです。芸術を学んだものには常識なんですけど、中世の絵画でよく使われたシンボルで、ラテン語で、死を忘れるな、という意味なんですよ。成功者の俺を怪物のように感じつつ、でもその成功は永遠ではない、いずれ誰しも死ぬのだ、ということを表現した絵ではないかと思います。でもその気持ちが、あいつを死へと追いやってしまったのかもしれない。俺がアトリエを訪ねた日に死んだというのは、運命だったんじゃないかと』

その、悲しみつつもどこか自己陶酔しているような語り口に、時和は正直少しばかり、辟易《へきえき》していた。

そうした経緯を思い出しつつ、改めてまじまじと、眼前の絵を眺めてつぶやく。

「——こんな気味の悪い絵を、ひとりで家に籠もって描き続けていたせいで、おかしくなったってことかな」

どうでしょうねえ、と江波戸は童顔を曇らせる。

「息子さんの希望でこの島にアトリエを用意した、とご両親は言ってましたけど。結果がこんなことになって気の毒です。お祖父《じい》さんも、夏に亡くなったそうですし」

「かなり裕福な実家らしいな」

時和は言って、その場にしゃがんだ。

イーゼルの周辺には、瓶や缶が散乱している。それらはすべて、アルコール飲料だ。そのせいか、部屋全体がほのかに酒臭い。

鑑識によると画材はアクリル絵の具のリキテックスというものらしく、油絵独特の匂いはしなかった。

(泥酔した挙げ句、自分で描いた絵に怯《おび》えて錯乱。家を飛び出して、山中で足を滑らせて転倒、滑落……。そう考えればつじつまは合う。だけどなんでそんな、自分でも怖くなるような絵を描き続けていたんだ)

考えながら、再び時和は視線を床に落とした。

走る五十嵐を目撃した住民によると、かなり興奮していた様子で、明らかに普通ではなかったという。

気になることはまだあった。

走っていた五十嵐が足を滑らせたのは山道で、湿った土にかなりはっきり、踵《かかと》の跡が残っていたのだが。

鑑識によると前方ではなく、道に対して斜めに体重がかかってついた足跡だという。

位置から判断して、そこであお向けに倒れ、岩に頭を打ち付けて、ゆるい傾斜になっている岩場を転がって沢に落ちたと推測される。

（普通に走っていたら、斜めに体重はかからないだろう。でも酔ってたからな。千鳥足だったり、立ち止まって暴れたなら、ありえないってことはない）

考え込んだ時和の目に映っていたのは、焦げ茶色のフローリングの床の上に、鑑識がチョークで丸く囲んだ、五十嵐が残したらしきメッセージだった。

そこには白い絵の具を使った、細く弱々しい文字で、こう記されている。

『エノ　カイブツ　コワイ』

これを書いたのが、間違いなく五十嵐ならば、錯乱していた証拠とも考えられる。

ふう、と時和は溜め息《たいき》をついて立ち上がった。

そして持ち主を失った、使い込まれたパレットや絵筆の数々を眺めつつ、ふと気がつく。

「このメッセージ、どの筆で書いたんだろうな。興奮して家を飛び出したにしては、細すぎないか？」

うーん、と江波戸は腰をかがめて、床に残された文字を見る。

「絵はかなりダイナミックに、筆だけじゃなくて一部は指まで使って描いてるみたいですけどねえ。この辺りの光ってる感じとか、筆の線じゃないように見えませんか」

言いながら江波戸が示したのは、背景の薄紅色の花が、発光しているように白くなっている部分だ。

「そのせいか指も絵の具まみれでしたし。てことはもしかして、この字は爪で書いたのかな。筆跡鑑定はこんなに小さい、たった九文字のカタカナだと難しいようですが。……先輩は、どう思います？　あの原って第一発見者の言うこと、信じられるんでしょうか」

「原が泣いていたのは、芝居とは思えない。ただ、なにかいろいろと引っかかるのは確かだ」

ですよね、と江波戸は改めて、怪物の絵を眺める。

「あの人、自分が絵の怪物に似てるとか言ってましたよね。この絵の顔は怖いですけど、神々しいような美しさもあります。失礼ですけど平凡な顔の原さんと、似てるとは思えません」

「まあ、これといった特徴がなかったから、似てると言われたら、そう思えるような顔ではあったな」

「ともかく、僕も先輩も、絵画については詳しくないですし。これはやっぱり、相談してみましょうよ」

「相談？　誰にだ」

嫌な予感に顔をしかめた時和に、江波戸は白い歯を見せた。

「決まってるじゃないですか、樹神《こだま》准教授にです」

はあ？　と時和は露骨に不機嫌な声を出す。

「なんだってあの先生に、いちいち相談しなきゃならないんだ。部外者に頼るクセをつけるな」

江波戸は、そんなあ、と情けない声をあげた。

「専門外のことは、やっぱり専門家の手を借りるべきですよ」

「だとしても、できることをやってからだ」

時和は江波戸に背を向け、ドアに向かった。

「まずは五十嵐と第一発見者の関係を、詳しく洗う必要がある。署に戻ってご遺族の聴取を済ませてから、学生時代の友人たちに話を聞きに本土に行くぞ」

言って時和は、薄暗い、それでいて極彩色の渦巻く部屋を出た。

時和と江波戸が署に戻ると、サクサクという小気味のいい音がしていた。

見るとデスクで川名小夜美《かわなさよみ》巡査が、タロットカードを切っていた。

間もなく、見てください、と小夜美は手招きをする。

「今回の、アマチュア芸術家の死亡事案。いろいろと不可解な部分があるって近藤《こんどう》警部から聞いたので、占ってみたんです」

小夜美はオレンジ色のルージュを引いた唇を引き結び、ぱっちりした目をまたたかせる。艶のあるサラサラしたボブカットの上から、時和はデスクを覗《のぞ》き込《こ》んだ。

「……そのカードは、どういう意味なんだ？」

時和は、実物のタロットカードというものを見たのは、これが初めてだった。

トランプよりひと回り大きなカードには、ヤギの角とコウモリのような羽、獣の足を持つ怪物の下に、裸の男女が鎖で繋《つな》がれている絵が描かれている。

澄んだ声で、小夜美は説明をした。

「これは『悪魔』のカードです。もし亡くなった五十嵐さんと誰かがトラブルになった末の殺人なんだとしたら、どういう犯人なんだろうと思って、ワン・オラクル方式で占ったら出てきました。誘惑とか欲望とか、意味はいろいろあるんですけど。私が今回このカードから感じるのは……」

小夜美は目を閉じて、ルージュと同じビタミンカラーのネイルをした指先を、そっとカードの上に滑らせる。

やがてふっくらとした唇から、巫女《みこ》が神託を告げるような、厳かな声が漏れた。

「甘え……依存心。身勝手な、独占欲。こんがらかった、とても面倒な感情です。……それに、執着と虚栄心。見栄《みえ》っ張《ぱ》りなのかもしれない。男女の恋愛とは、違った感じですけれど。状況としては、悪いと知りつつ、魔が差す、って感じです」

ふーん、と時和は鼻を鳴らす。

「そんなことを考えているやつがいるなら、事故死じゃない可能性が高くなるけどな……当たるのか、それ」

「ゼロ班に配属される理由になるくらいには、当たります」

小夜美は胸を張ってきっぱり言ったが、後ろから江波戸が茶々を入れる。

「とはいえ、占いですからね。当たるも八卦《はっけ》、当たらぬも八卦ですよ」

きっ、と小夜美は振り向いて、江波戸を睨《にら》んだ。

「なによ、タロットは予知夢よりよっぽど、メジャーな占いなんですからね」

「夢占いだって、心理学の面からフロイトが考察してるし、本もたくさん出てる！」

「今時フロイトなんて古いわよ。そもそも、予知夢と夢占いは別物でしょ」

「おいおい、そういう問題じゃないだろうが」

奥の席でパソコンをいじっていた近藤が、生徒をたしなめるように言う。

「ここにいるのは、全員が五十歩百歩だ。理屈では説明できない感覚で、証拠の一端なり、事件解明のきっかけなりを見つけられる能力を買われて、配属されたんだろうが」

（理屈では説明できない感覚、か……）

三人のやりとりを聞くうちに、時和の脳裏に浮かんだ光景があった。

今日アトリエに向かう前。五十嵐が倒れていた現場に向かった際。

時和はまたも、見たくもないものを目にしてしまっていたのだ。

遺体発見現場はアトリエから二百メートルほど離れた場所で、山道から数メートル下の川辺だった。

そこに、ぼんやりとたたずむようにして、それは居た。

絵の具のついた部屋着に、肩までの長さの髪。そして頭から顔にかけて、血を流した若い男の姿。

(あれはどう考えても、五十嵐礼司の亡霊だった)

思い出し、ぶるっと身震いする。

五十嵐らしきその亡霊は、なぜか一心不乱に、自分の右手を凝視していた。

気味の悪さに、時和は慌てて目を背けてしまったが、あの行為にはなにか、意味があったのかもしれない。

(遺体の指先は、白い絵の具で汚れていた。長年絵を描いていた自分の手に、愛着があった、とか。……いや、待てよ)

殺人の場合、争った相手の皮膚片などが、被害者の爪の間に入り込んでいることは珍しくない。

　思いついて時和は顔を上げ、自分のデスクの電話に手を伸ばした。かけた先は、鑑識課だ。

「時和巡査部長だ。検視中の五十嵐礼司さんについて、頼みたいことがあるんだが。爪の間の付着物を、できる限りよく調べて欲しいんだ」

『お疲れ様です。爪でしたら、とっくに確認済みですよ。アクリル絵の具のリキテックスの白が、たっぷり入り込んでました。アマチュア画家だとうかがってるんで、それも当然かなと』

「指を一本ずつ調べたか？」

『え。……いえ、おそらくどの指にも、同じものが挟まっていると思いますが』

「悪いがすべての指にこびりついていた成分を、それぞれ念入りに調べてみてくれ。頼む」

『はあ、一本ずつですか。……了解しました。やってみます』

　受話器を置くと、近藤たちがそろってこちらを見ている。

「ちょっと気になることがあったんで。……つまり、理屈では説明できない感覚で」

　時和が言うと、納得したように三人はうなずいた。

流麗島《りゅうれいじま》から港区《みなとく》の日《ひ》の出桟橋《でさんばし》へは、一日に二便、高速フェリーが運航されている。

時和と江波戸は夕方の便を利用して本土に出向き、五十嵐と第一発見者の原がかつて所属していた大学の映画鑑賞サークルの仲間から話を聞いた。

ひとりは現在、画廊勤務。もうひとりは画材メーカーで営業をしているという。

いずれもスーツを着こなして、すっかり学生気分の抜けた、一人前のサラリーマンに見えた。

『五十嵐と原ですか。原が一方的に五十嵐に懐いてる感じに見えましたね。飼い主と子犬みたいな。でも実際に、仲はよかったと思いますよ。いつもふたりでつるんでいましたから。原はなんでも五十嵐の真似《まね》をして、卒業後には五十嵐と別れた女の子に言い寄って、つき合ったとも聞きました。しかし、驚いたな。あの五十嵐が死んだのか。カリスマ性があって、人気者ではありましたけど。プライドが高くて秘密主義というか、あまり自分のことは話さなかったから、俺は少し苦手でした。原は低姿勢でへこへこしてたから、相性がよかったんじゃないかな』

『五十嵐くんはモテましたよ。顔はいいし、親が金持ちでしたからね。話題も豊富で、いつも仲間の中心にいました。卒業後はパッとしなかったみたいですけど。原くんはその子分というか。はい？　五十嵐くんのライバル？　まさか。五十嵐くんは油絵科だし、原くんはデザイン科だし、全然そんなんじゃなかったと思います。子分は言い過ぎとしても、原くんが五十嵐くんの、弟分っていう感じでしたね。……でも、そうですか。まさか亡くなったなんてショックです』

どうやらライバルだと強く意識していたのは、原のほうだけだったらしい。

そして五十嵐と別れた後、原とも交際していたという女性の証言は、さらにその印象を強めるものだった。

彼女はファンシーグッズの大手メーカー勤務で、企画部に所属しているという。

待ち合わせしたカフェに現れたのは、流行《はや》りの服に身を包んだ、気の強そうな美人だった。

そして刑事ふたりを前にしても、まったく物怖《ものお》じする様子はなかった。

『確かに私は、どっちともつき合ってました。五十嵐くんが死んだなんて、まだ信じられないです……。あっ、でも、振られたのは本当だけど、もう恨んでないですし、未練もないですよ。っていうか、とっくに原くんとも別れて社内に婚約者がいるから、今回のことは正直、ちょっと迷惑です。ふたりとも学生時代の思い出って感じかな。だけど噂《うわさ》で五十嵐くんが、最近コンクールに落ちてへこんでる、っていうのは聞きました。そもそも、芸術で食べていくって難しいですよね。親のすねをかじれるから、夢を見ていられたんじゃないのかな。原くんも、五十嵐には都会が似合うし、早く帰ってくればいいのに、って言ってました。言っておきますけど、原くんには振られてないですよ。私が振りました。優しかったけど、五十嵐くんの話ばかりしてたし、つき合ううちに……ああ、五十嵐くんの元カノに興味があっただけなんだな、って思って不愉快だったから』

とはいえ、原と五十嵐の関係はおおむね良好だったらしく、揉《も》めていたという話は出てこなかった。

その後も数人と接触したのだが、五十嵐の両親から聞き取った内容も含め、これといって気になる話は、誰からもなにも聞けなかった。

翌朝。早朝発の流麗島行きフェリーに乗り、座席から潮で白く曇った窓の外をぼんやり眺めながら、時和は考え込んでいた。

一方的に五十嵐をライバル視し、それでいてかなり懐いていたという原。

プライドが高く、二枚目で親が資産家。人気者で芸術家気質だったという五十嵐。

（そんな五十嵐が原に、自分で描いた怪物が怖いから助けてくれと言った……？　どうもピンとこないな）

「結局、原さんが五十嵐さんを殺すような動機は、見つけられませんでしたね」

隣の席の江波戸が、フェリー内の自販機で買った、紙コップ入りの珈琲《コーヒー》をすすりながら言う。

「どっちともつき合ったっていう女の子の取り合いかな、と思ったけど、全然違うみたいですし。もう学生時代の思い出だなんて、女の子って割り切りが早いですよねえ。ということは結局、単に不運な事故だったんでしょうか」

どうかな、と時和は眉を寄せた。

「お前も感じていたように、第一発見者の原に、やっぱりなにか引っかかる。一方的なライバル心もだし、運命だのなんだの、セリフが妙に芝居がかってた」

「そうでしたね。……そうだ、それに先輩は、五十嵐さんの爪を調べるように言ってましたけど。先輩の超感覚って、予感みたいなものですか？　たとえば、殺人の現場が映像みたいに見えるような」

時和が流麗島署に配属されるような、『なにかが見える』超感覚があることは、ゼロ班の全員に知られている。

けれど具体的なことは、まだ近藤にも告げていない。

自分を先輩と呼んで懐いてくる、刑事とは思えないくらい素直で童顔の後輩に、『実は被害者の幽霊が見えるが怖くて仕方ない』とは、時和には言えなかった。

だから五十嵐の亡霊があの場にたたずんで、食い入るように指先を見ていたということは、誰にも言っていない。

「……そうだな。直感みたいなもんだ。どうも遺体の指になにかあるみたいだぞ、ってひらめいた」

なるほど、と江波戸はあっさり信じて納得する。

「じゃあ鑑識から、早く報告が上がってくるといいですね。でも本土では結局、なんの手がかりも見つけられませんでしたし。ねえ、先輩」

江波戸は手の中の、湯気を立てている紙コップを見つめた。

「怒られるかもと思って、言わなかったんですけど。実は昨夜《ゆうべ》一泊したホテルで僕、夢を見たんですよ」

江波戸は珈琲から時和に視線を移し、重大な秘密を打ち明けるように言う。

「それがですね。樹神准教授が、あの気味の悪い絵の前に立った瞬間、ドアが開いてパーッと明るい光が差す夢なんです」

「はあ？　なんだそれは」

　時和は嫌な顔をしてみせる。

「あいつがこの事案を鮮やかに解決する、っていう予知夢だとでも言いたいのか？」

　呆《あき》れた口調で言ったが、真剣な顔で江波戸はうなずいた。

「今までの僕の経験によると、そうだと思います。……お願いですから樹神准教授に、あの絵だけでも見てもらってください。きっと有意義な情報を、教えてくれるはずですから」

　はああ、と時和は溜《た》め息《いき》をつき、しばらく考え込む。

　普通は予知夢など見たと言われても、冗談としか思わないだろう。

　けれど自分もまた、人には見えないものが確かに見える。

　ややあって、時和は渋々と了承した。

「まあ、いいだろ。殺人の可能性がある以上、何ひとつ見逃すわけにはいかないからな」

　すると江波戸は、ハイッと元気よく返事をして、早速スマホを取り出したのだった。

「亡くなった方は、奇怪な絵とメッセージを残していたそうですね。それはなかなか、注目に値する事件です！」

この日は休日であったため、樹神は連絡に即座に応じ、待ち合わせ場所のバス停にやってきた。

明るい昼の日差しの中。のどかな古びたバス停の脇に、ちょこんと日傘を差して立っている樹神はどこか不思議な、浮世離れした存在に見える。

「この前お会いしたときはラフな服装でしたけど、スーツだといかにも刑事さん、っていうふうに見えますね。背が高いからお似合いですよ。肩幅もありますし」

「それはどうも。俺の観察は切り上げて早く乗ってくれ」

少し開けた窓からぶっきらぼうに言っても、樹神は遊びに行く前の子供のように、ワクワクした顔をしていた。

「亡くなった方はアトリエをお持ちの、芸術家だとか。東側の川沿いでしたら、私の家からもそう遠くないですよ」

期待に満ちた目で言いつつ傘を畳み、樹神はいそいそと後部座席に乗り込んできた。

そしておもむろに身を乗り出し、はい、とジップロックの袋を運転席の時和と、助手席の江波戸に渡してくる。

反射的に受け取ってしまってから、時和は中身を確認した。

「はい、ってなんだよ、これは」

「クッキーを焼いてみたんで、お土産です」

「……あんた、女子高生か」

「大学の准教授です」

「わかってる、そんなことは！」

「なにをカリカリしてるんですか。バニラビーンズが入っていて、美味《おい》しいと思いますよ。私は食べてないですけどね」

ありがとうございます！　と江波戸は快活に礼を言うが、時和は横目で樹神を睨《にら》むばかりだった。

「悪いが、甘いものは苦手だ」

「それは残念」

言うや否や、樹神は時和の手からジップロックをさっと取り上げ、江波戸に渡す。

「じゃあどっちも、江波戸くんにあげます」

「わあ、いいんですか先輩。ごちそうさまです」

「惜しくなってやっぱり欲しいと言っても、もうあげませんよ」

「……俺はおかしくないよな。こいつらの感覚がおかしいだけで」

思わず時和は小さな声でつぶやいた。どうにも調子が狂ってしまう。

(この先生が役に立たなかったら、江波戸のやつ、思いっきりデコピンしてやる)

そんなことを考えつつ、時和は署の車を発進させた。


最初の目的地は、五十嵐の遺体が発見された現場だった。

舗装されていない山道とはいえ、ぎりぎり車が通れる幅はある。

近くに車を停《と》め、現場に立った時和は、またも嫌な感覚に襲われた。

川のせせらぎ、風が木々の梢《こずえ》を揺らす音、そうしたものが一瞬にしてふいにすべて聞こえなくなり、頭の中が静まり返る。

(……そうか。まだここにいるんだな、五十嵐さん)

ざっと総毛立ち、冷たい手に肩をつかまれるような、あの感覚。

視線を巡らせると、やはり五十嵐の亡霊が川べりにたたずんでいた。

立ちすくんでしまった時和の異変には、まるで気がつかない様子で、江波戸は樹神に事情を説明し始めた。

「こっちが五十嵐さんが頭を打った岩です。それでこの足跡の角度がおかしいと、鑑識が言ってました」

「ほうほう、なるほど。第一発見者の原さんの靴跡とは、違うんですね」

「はい。遺体の近くで見つかったサンダルと一致しています。原さんは、人気メーカーのスニーカーを履いてました。プレミアがつくような、高いやつなんですよ。アパレル会社に勤務のデザイナーだそうですし、ファッションへのこだわりが強いんじゃないのかな。ダウンだって二十万以上する、高級ブランドでした」

「あー。それはもしかして左肩にこういう」

と樹神は右手の人差し指で、空中に形を描く。

「マークの入ってるやつでしょう」

「そうそう、それです！　確かに値段なりに、暖かいですけどね」

「なんだ江波戸くんも持ってるんですか」

「はい、実は。ボーナスで買っちゃいました」

樹神には車の中で、今回の事案の経緯と、第一発見者の原との関係については、すでに説明済みだった。

楽しそうに江波戸と話していた樹神だったが、ふと整った顔を時和に向ける。

「時和さん？　顔色が悪いですよ」

「――あ。ああ。いや、別に」

時和はそう言ったが、足が震えそうになるのを懸命にこらえていた。

眼下の川辺で、自身の指先をじっと見つめている五十嵐の亡霊から、目が離せなかったのだ。

（あんたはずっと、ここでそうしているのか。なにがそんなに心残りなんだ。やっぱり爪に、なにかあるのか？）

そんな思いが通じたように、突然亡霊は、指先を見つめていた目を時和に向けた。

うわっ、と時和は息を呑《の》む。

自分の存在が、亡霊に認識されたに違いない。恐ろしさに、悲鳴を上げそうになった、そのとき。

「もしかして、川に河童《かっぱ》でもいましたか」

樹神の朗らかな声がかけられて、すいと日傘が頭上に差しかけられた。

と同時に五十嵐の姿は、ふっと消えてしまう。

悪寒も肩にのしかかるような圧迫感も、なぜかすっかり消えていた。

「先輩、本当に河童を見たんですか？」

不思議そうに、川とこちらを交互に眺める江波戸に、額の冷や汗を拭いつつ時和は釈明する。

「……そんなわけあるか。ちょっとあれだ。立《た》ち眩《くら》みがしただけだ。ここはもういいだろう、アトリエに行こう」

またなにか見えたのかなどと、樹神に詮索されると面倒くさい。

現場から逃げるようにして、時和は車へと急いだ。話しながら樹神と江波戸もついてくる。

「貧血を起こしそうなタイプには見えないですけどねえ。ああ、でも刑事さんって不摂生な生活をしている感じがしますよね。寝不足だったりするんじゃないですか」

刑事あるあるです！　と江波戸が愛想よく応じた。

「張り込みをするときなんて、徹夜になることもあるんですよ。それに、ジャンクフードで食事を済ませちゃったりしますから」

「お仕事とはいえ、大変ですね。そうだ、いつか機会があったら私が、お弁当を作りましょう」

「まじですか！　やったあ。卵焼きを入れてくれたら嬉《うれ》しいなあ」

おいおい、と時和は呆れる。

（どこから突っ込めばいいんだ。とても刑事と准教授の会話とは思えない）

呑気《のんき》なふたりに苛立《いらだ》ちつつ、運転席に座った時和の、スマホが鳴った。

「はい、時和。ああ、なにか出たか。顔料？　絵の具じゃないんだな？　……わかった、ありがとう。引き続き調べてくれ」

スマホを切ると、後部座席に座った樹神が、興味深そうにこちらを見ている。

尋ねられる前に、時和は言った。

「遺体の手の爪の間に、白い顔料と接着剤の成分が混ざったものの欠片《かけら》が、わずかに付着していたそうだ。数ミリ程度の微量なものらしい」

ほう、というように、樹神は唇をわずかに開く。

助手席の江波戸が、考え込みながら言った。

「それっていったい、なんなんでしょう。もともと指先は、絵の具で真っ白でしたよね。白い顔料……化粧品。いや、接着剤も足されてるなら、フィギュアの塗料とか？　もしくは壁紙ですかね」

「どれも、五十嵐の家にはなかったな。壁は板張りだったし、絵画の道具と生活必需品以外、余計なもののなにもない家だった」

ううん、と江波戸は腕組みをして首を傾《かし》げた。

「そもそも、爪の間に異物が入るって、普通の状況ではないですよね。なにかを引っかいたりとか」

「つかみかかったりとか、な」

時和が続けると、江波戸は興奮ぎみな声を出す。

「じゃあやっぱり、殺人の可能性が高いですね！」

「……私もそう思います」

静かに、しかしはっきりとした声で樹神が言った。


樹神が事件の真相を看破したのは、五十嵐宅に入って、わずか数分のことだった。

すっと姿勢よくイーゼルの前に立った樹神は、楽しそうに輝く目で絵を見分する。

「ほうほう、これは独自の解釈をきかせた面白い絵ですねえ。それで床のこれが、メッセージ、と。最近この部屋に、どなたか訪れた人はいらっしゃるんですか」

「引っ越しのときに親が来ている。次に、第一発見者の原。フェリーの乗船記録に残っている五十嵐の知人はそれだけだ」

もしかしたら、この部屋にまた五十嵐の幽霊が現れるかもしれない。

そう考えて顔を強張《こわば》らせていた時和に、樹神は穏やかな笑みを向けた。

そして、天気の話でもするかのように、あっさりと言う。

「そうでしたか。では犯人は、その原さんです」

あまりに簡単に結論を出されて、えっ、と時和と江波戸は顔を見合わせた。

「どういうことだ。なにか新しい証拠でも見つけたのか？」

時和は焦って、思わず樹神の細い肩をつかんだが、樹神は相変わらず飄々《ひょうひょう》としている。

「いえいえ、これまでご説明いただいた経緯と見分だけで充分です。原さんは、まだ島内に？」

「ああ。ホテルで待機してもらっている」

それはよかった、と樹神は手袋をはめ直した。

「それでは、そちらに向かいましょう」

くるりと絵に背を向けて、すたすたとドアに向かう樹神に、時和は困惑した。

「ちょっと待ってくれ、先生。どういうことなのか、こっちにはまるでわからない。説明してくれ」

「直接本人に問《と》い質《ただ》せば、すべて納得できると思いますよ」

急ぎましょう、と静かだが有無を言わせない声にうながされ、時和たちはアトリエを後にした。

（すました顔で簡単に言ってくれるが、本当にわかったのか？）

当然のことながら、原のいるホテルへと移動する間、時和は半信半疑のままだった。


原は島の繁華街にある、ビジネスホテルに滞在していた。

新しく清潔ではあるが、商用での来訪者向けといった感じの、無機質な建物だ。

ユニットバスとシングルベッドがあるだけの、コンパクトな室内に、原はずっと籠もっていたらしい。

まだ五十嵐の死のショックから抜けきれていないようで、頬はやつれ、目の回りを赤く泣きはらしていた。

しかし事情聴取のときにも感じたことだったが、どこかとろんとした、恍惚《こうこつ》とした表情を浮かべている。

予定外に滞在が延び、着替えが足りないのか、ホテルに備え付けのバスローブを着ていた。

入室した時和たち三人に、原は溜《た》め息《いき》とともに抗議の言葉を吐き出した。

「……ねえ、刑事さんたち。いい加減にもう、島から出してもらえませんか。仕事は、体調を崩したと言って有給をとってますが、それもそろそろ怒られそうな気がしますし。それに五十嵐の実家のほうで葬儀をやるでしょうから、参列したいんです」

「お気持ちはわかりますが、もうしばらく待ってください。それに、いずれにしても検視が終わらないと、ご遺体は荼毘《だび》にふされません」

時和が言うと、原は表情を曇らせた。

「まだですか。事故死だったんでしょう?」

「そうとは断定できていません。不自然な点も残っていますから」

「警察が納得するためだけに、葬儀を引き延ばされているなんて、可哀想《かわいそう》ですよ」

「別に警察が納得するためってわけじゃ……」

原の言い分にカチンときた時和を制するように、樹神が一歩前に出た。

「申し訳ありません。五十嵐さんと原さんは、本当に仲のいい親友だったんですね」

ええ、と原は深くうなずいた。

「それでは、ひとつお聞きしたいのですが。おそらく最後の作品になってしまったであろう、部屋のイーゼルに載っていた五十嵐さんの絵についてです。私も絵画に興味があるのですが、同じ美術大学で学ばれた原さんとしては、あれは、どのような作品だとお感じになりましたか」

丁寧で、もの柔らかな声と態度で尋ねた樹神に、原はよくぞ聞いてくれたとでもいうように、赤い目を嬉しそうにきらめかせた。

「あれは、同じ芸術の世界を共にしたものでないと、なにを描いたかわからなくても仕方がないと思います」

そう言って、原は夢見るような瞳を宙に向ける。

「もちろん、俺にはわかりましたよ。あれはあいつから離れて、大きくなっていく俺に対する恐怖と寂しさ、そしてメメント・モリを表現したものですから」

と、ベッドに座っている原の前まで、樹神が薄いカーペットの上を歩いていく。

そして真正面でピタリと止まると、にっこり笑った。

「原さんには、そう思えたのですか。私は違います」

樹神の言葉に、サッ、と原の顔色が変わる。

「はい？　違うというのは、どういう意味ですか」

怒りを含んだ声にも、まったく樹神は動じる様子がない。むしろ不敵な笑みを浮かべて、さらに続ける。

「どういう意味もなにも、まったくわからないのですが、メメント・モリとは、いったいなんです」

嫌だなあ、と原は、薄く嘲笑を浮かべて樹神を見た。

「二度手間ですよ。そっちの刑事さんたちには、前に一度説明してあるんですけどね。それに言ったでしょう？　芸術に詳しくないとわからないことだと。メメント・モリとは、つまり」

原が言い終えるのを待たずに、樹神は答える。

「『死を忘れるな』。時間の経過や栄枯盛衰、『人生の虚《むな》しさ』を表すヴァニタスのモチーフとともに、中世の絵画に頻繁に登場することなら知っています」

聞くうちに、原の顔は引《ひ》き攣《つ》った。

樹神は笑みを浮かべたまま、歌うように滑らかに言う。

「私が言っているのは、それと五十嵐さんが残した絵に、いったいなんの関係があるのか、ということなのですよ」

「なんのって、だ、だからつまり、髑髏《どくろ》がそれを表現していると」

はて、と樹神は不思議そうに小首を傾げた。

「髑髏が描かれているという、ただ単に、それだけの理由ですか」

うっ、と原は言葉に詰まってから樹神を指差し、時和に訴えた。

「こ、この人は、誰なんですか。刑事さんとも思えませんが」

「東帝《とうてい》大学文化人類学部准教授の、樹神彗《けい》先生だ」

言い合いをするのは遠慮したい相手だが、味方にすると頼もしいと感じつつ、時和は樹神を紹介した。

原は焦っているかのように、額の汗を拭う。

「ああそうですか、准教授。だからまるで、ご自分にはすべてわかっている、とでもいう態度なんですね。でも、それは傲慢だ。あなたは五十嵐をわかっていない。あの髑髏のモチーフがメメント・モリでないなら、なんだというんですか。彼はあんな怪物を描くような、幼稚な性格じゃない！　理由もなく、グロテスクなものなんか描かないんだ、あいつを侮辱するな！」

原は顔を真っ赤にし、興奮して言い返したが、相変わらず樹神は薄笑いを浮かべていた。

「そうですね。五十嵐さんは、幼稚ではありません。そしてあの絵はグロテスクではありませんよ、失礼な」

なんだと、といきりたつ原に、樹神は静かに告げる。

「――あの絵は、『深沙大将《じんじゃだいしょう》』です」

「じんじゃだいしょう？」

聞きなれない名前に、背後から江波戸がオウム返しに質問をする。

「はい。西洋風のタッチで描かれているのが、とても面白いと私は思いましたが。奉教鬼とも呼ばれる、仏教の守護神なんです」

「「仏教？」」

意外な展開に時和と江波戸が同時に言い、原は目を丸くして口をポカンと開けた。

樹神は丁寧に説明を始める。

「お腹《なか》に子供の顔、膝には象、髪は蛇、右手にも蛇、首に七つの髑髏の装身具。異様に感じるかもしれませんが、有名なものだと薬師寺《やくしじ》の彫像なども同じ姿です。この髑髏は玄《げん》奘三蔵《じょうさんぞう》が七度生まれ変わった際の、過去世の頭蓋骨だと言われています」

「あっ、玄奘三蔵って、西遊記《さいゆうき》に出てくる三蔵法師のことですよね？」

江波戸の問いに、樹神はうなずく。

「ええ。深沙大将が旅の途中の三蔵法師を、救ったという逸話もあるんですよ。沙悟浄《さごじょう》のモデルという説もあります。ただ通常は、激怒した鬼神の形相で表現されますが。五十嵐さんはあくまで、ご自分でイメージする顔を描かれたんでしょう」

樹神は首元のスカーフを軽くゆるめ、二十代の若さで死去した五十嵐を思ってか、気の毒そうな声で言う。

「おそらく、いつからか仏教や密教に興味を持っていたんでしょうね。あそこにアトリエを構えたのも近隣に、真言宗《しんごんしゅう》のお寺があったからかもしれません」

そういえば、と時和はあまり事件に関係ないと考えて、樹神に説明していなかったことを思い出す。

遺体の確認に来た五十嵐の両親に話を聞いたとき、今年の夏、五十嵐を可愛《かわい》がっていた祖父が亡くなったらしい。

祖父は熱心な仏教徒で、五十嵐も同じ宗派の墓地に納骨したいと両親は言っていた。

だから祖父の鎮魂の意味を込めて、五十嵐はあの絵を描いたのかもしれなかった。

その事情は知らないまま、樹神の推理は続く。

「五十嵐さんのアトリエにあった他の絵も……鳥の顔をした迦楼羅《かるら》なども、やはり仏法を守る存在なのです。要するに」

一度言葉を切り、蒼白《そうはく》になっている原に、樹神は冷たい目を向けた。

「あの絵を怪物などと稚拙に表現するのは、モチーフについてなにも知らない人間ということです。彼が絵の怪物が怖いなどと、あなたに相談するはずがない。メッセージとして残すはずもない。つまりあのメッセージを書いたのは五十嵐さんを殺した犯人であり、書いたのはあなたです、原さん」

凛《りん》とした声で告げられると、しばらく原は凍り付いたように動かなかった。

じっと三人で見つめていると、笑っているような、泣いているような表情になる。

「で……でも、あれですよね。俺以外にも、あの絵を怪物と思う人間はいるかもしれない！　物的な証拠というのは、ないんじゃないですか。つ、つまり、指紋とか」

そうでしょうか、と樹神は無表情で言う。

「あなたはアトリエを訪問したことは認めている。だからドアノブなどに指紋があっても、不自然ではない。むしろそう思わせるために、アトリエに戻ったのではないですか。そして、絵の怪物が怖い、と被害者が思っていたように装うために、工作としてメッセージを書いた。あれだけ線の細い文字だと、筆と言うより、持っていた紙……メモかノートの切れ端をこよりのようにして書いたのかもしれません。パレットのアクリル絵の具も水で溶いて少しつけ、使ったあとはもう捨ててしまったんでしょう。トイレにでも流されたら、さすがにそれは見つけられないかもしれませんが」

言いながら樹神は、ゆっくりと歩き出した。

「じゃあ、やっぱり、証拠はないのでは」

不安そうに小さな震える声で、原がつぶやく。

「それをこれから、提示します」

時和はほとんど圧倒されて、樹神の行動を見守ることしかできない。

樹神は、原のバッグが置いてある、クローゼットの辺りで足を止めた。

「原さん。あなたは五十嵐さんのアトリエを訪問したとき、Tシャツを着ていたんじゃないですか？」

原が答える前に、時和が教える。

「事件直後の聞き取りのときは、ダウンの下に青いTシャツを着ていた。確か、胸に目立つロゴがプリントされていて……」

説明すると、樹神はうなずいた。

「そのTシャツを、調べさせてください」

原は、きょとんとした顔になった。

なにか決定的な証拠を突き付けられると思っていたのが、そうではなかったため、拍子抜けしたようだ。

「あ、はい。どうぞ。別にどこにも問題はないはずです。いったいこれが、なんの証拠だって言うんですか」

不機嫌そうに立ち上がった原は、旅行用の大きなバッグから青いTシャツを出し、おどおどした様子で樹神に差し出す。

（現場の泥か、指の絵の具がついてるとでも言うのか？　もし証拠に繋《つな》がるようなものな

ら、とっくに洗濯して、証拠隠滅を図ってるだろう）

ちらりとそんな不安が、時和の胸をかすめた。

受け取った樹神は、前身ごろのプリント部分を、しげしげと観察する。

それから、にっこりと微笑《ほほえ》んでみせた。

「ご自分では、気がついていなかったんですねえ、原さん。あなたは、アパレル関係のお仕事をしていらっしゃるとか」

はあ、と原はうなずいた。

「企画デザイナーです。な、なにを俺が、気がついていなかったと言うんですか」

「私は文化全般に興味があるので、ファッションもある程度は詳しいんですよ。この白いロゴは、発泡プリントですよね」

「発泡プリント？　なんだそれは」

時和が聞くと、樹神はTシャツを広げ、英語のロゴを指差した。

「名称は初耳かもしれませんが、かなり昔から使われていますよ。熱を加えると膨らむ、こういうプリント技術のことです」

その部分はインクがぷっくりと膨らみ、立体的に見えるようになっている。

「この島は、都心よりも暖かい。あなたはおそらく、このTシャツの上に、ダウンジャケットの前を開いて着ていたんでしょう。真冬でも中は薄着で充分というのが謳《うた》い文句《もんく》の、高級ダウンですからね。そして」

樹神はTシャツを、時和に渡した。

「なにかが原因で、あなたは五十嵐さんと揉《も》めた。そしておそらく五十嵐さんに、つかみかかられたんじゃないですか」

「えっ……？」

原は息を呑《の》む。

「ごく微量のようですが、彼の手の爪の間から発泡プリントの原料である、顔料と接着剤の混合したものの欠片《かけら》が見つかったそうです。ロゴの左上の一文字の端が、ほんのわずかに削れていますから、おそらくそれでしょう」

樹神が言った瞬間、原の顔色がサーッと変わった。

「爪の間の欠片とこのプリントの成分が、まったく同一のものだと判明したら、これは立派な物的証拠です」

心当たりは？　と樹神が尋ねると、原の喉が、ひゅっと鳴った。わなわなと、色の悪い唇が震え始める。

そして、どすんとベッドに座った原は、頭を抱えた。

やがてその肩も頭もガクガクと震え始め、俯《うつむ》いた顔から膝の上に大粒の涙が、いくつも落ちる。長い沈黙の後、息を全身で吐き出すようにして、言葉が漏れた。

「……わっ……わざとじゃ、ない……」

(――自白だ)

瞬時にそう判断した時和はポケットの中で、スマホの録音機能を操作すると同時に、全神経を原の言葉に集中させていた。

「お、俺は。ずっとあいつに……五十嵐に、憧れてました。楽しそうだ、って軽い気持ちで入った映画鑑賞のサークルで、あいつは誰とも違ってた。ハリウッドの大作しか、俺は知らなかったけど、『天井桟敷の人々』とか『ブリキの太鼓』とか、全然知らない名作を、あいつは熱っぽく語るんです。俺は商業デザイン科であいつは油絵科で、お前に芸術は理解できないだろうとか、いつもからかわれて。それでもいろいろなことを、五十嵐は丁寧にひとつひとつ教えてくれました。……一緒に楽しめるやつがいたほうが嬉《うれ》しい、って」

「それじゃ、いったいどうして」

思わず、といった様子で尋ねたのは、遠慮がちに時和と樹神の後ろにいた江波戸だ。原は江波戸を、涙を溜めた瞳で見る。

「お、俺と離れて、こんな島に来て、変な絵ばかり描くのが芸術ってものなら、絵なんかあきらめてくれと思ってました。あいつの元彼女とつき合ってみても、心の隙間は埋まらなかった。物理的にも精神的にも、近くに戻ってきて欲しかったんです。迷ってるときや精神的にしんどいとき、いつもあいつに認めてもらって、誉《ほ》めてもらうと自信が持てた。俺は、デザイナーとはいっても、こういうTシャツのプリントなんかを加工する、小さな会社に勤務してます。給料だって安い。だけどそれは、俺がデザインしたものなんです」

緩慢な動作で、原は樹神が持っているTシャツを指差す。

「それを着て、俺はデザインで食ってるんだってとこを、見せたかった。もうなにもわかってない学生時代の俺じゃない、五十嵐と対等なアーティストだと思ってもらえたら、説得に耳を貸してくれるんじゃないかって」

「失礼ですが、ロゴの羅列とカレッジ風のエンブレムはよくあるデザインで、アートというほどのものではないと思います」

辛辣に樹神が評価しても、原は否定しなかった。

「わ、わかってます。でもいい額縁があれば、安い絵だってそれなりに見えるでしょ。だから、親に金を借りて高級ダウンを買ったんです。俺はデザイナーとして飯食っておしゃれして、流行《はや》りのクラブやウォーターフロントで楽しく遊んでる。五十嵐だってそうなれる。必死にそう言っても、五十嵐は戻らないって言い張りました」

それで、と原は言葉を切って、少し躊躇《ちゅうちょ》してから再び口を開いた。

「……言ってしまったんです。誰にも相手にされない、こんな価値のない絵。いつまで描いてるんだ、って」

そういうことか、と時和は苦々しく思う。

渾身《こんしん》で描き上げたであろう作品が、コンクールに落ちたばかりの五十嵐に、それはあまりに酷な言葉だったに違いない。

「俺もこれは、まずいことを言ってしまったと思って、もう帰るとアトリエを出ました。そうしたら、しばらくして五十嵐が追いかけてきて……つかみかかられて、振りほどいたら……！」

おそらく激怒した五十嵐は、一旦はなんとか堪《こら》えたものの、やはり許せないと腹に据えかねて原を追いかけ、追いついてつかみかかったのだろう。

近隣住民の証言による、興奮して走っている五十嵐の姿というのは、原を追いかけているところを目撃されたものに違いない。

「逃げてしまったのはただもう、このままじゃ俺の人生は終わると、ものすごい恐怖に駆られたからです。部屋のあちこちに俺の指紋もついてるでしょうし、誤魔化せない。だから、もう一度アトリエに戻って、五十嵐とは行き違って会っていないことにしようと考えたんです。……そうしたらそのとき……急にあの絵が俺の目に、ものすごく印象的に飛び込んできました」

ひくっ、と原の喉が、しゃくりあげるような音を立てる。

「最初はなにも思わなかったのに。あいつを殺してしまったんだと呆然《ぼうぜん》としながら、あの絵を見ていたら……なんだか絵の顔が自分のように見えてきて……救われた気分になったんです。実は五十嵐が俺にライバル心を持っていて、死の暗示も匂わせている。だったらこれが俺とあいつの運命だったんだ、と。そうしたら、だんだんと冷静になりました」

なるほど、と時和は溜《た》め息《いき》をつく。

「不本意に人の命を奪ってしまったら、誰だって精神的に危うくなる。だから運命だ、なんて勝手な妄想の世界に浸って、逃避していたわけか。でもな。逃げた先がどこだろうと、現実の世界では罪を犯した事実があるだけだ」

諭すような時和の言葉に、子供のように原は涙を流した。

「す、すみません。すみませんでした……」

謝って済むなら警察はいらない。厳しい声で、時和は続ける。

「それで頭が冷静になったところで、あのメッセージを書くことを思いついたわけか。絵の怪物がコワイ云々《うんぬん》は、あんたが作り上げた虚偽の証言だった、ってことだな」

「……はい。ポケットにあった、レシートをコヨリみたいに尖《とが》らせて書きました。もう、焼き捨ててしまいましたけれど」

「じゃあ、訪問前の電話で、怪物の相談にのって欲しいと言われたというのも嘘《うそ》だよな。本当は五十嵐さんは、なんて言ってたんだ？」

時和が尋ねると、もう観念しているのか、素直に原は答える。

「近況報告で電話をしたら、自分も気分転換をしたいから、遊びに来れば、と」

言って、あああ、と原は髪をかきむしる。

「どうしてこんなことに……！　せ、せめて、あの絵のモデルが俺だったら、死を通じてあいつの芸術に、人生に、しっかり刻み込まれたと思えたのに！」

なんだそれは、と時和は呆《あき》れると同時に、やるせなさがこみあげてくる。

「俺には、芸術はわからない。でもあんたと五十嵐さんの共通の友人たちに話を聞いて、わかったことがある。彼らは誰ひとりとして、この島を訪れていない。観光がてら遊びに行きたいと言っても、五十嵐さんに断られたそうだ」

「えっ……？」

原はどう受け止めていいのかわからない、という顔で、時和を見上げる。

時和は努めて冷静に、諭すように言う。

「対等ではなく、弟みたいな感覚だったのかもしれない。あんたの話を聞いても、あんたが一方的に依存していた関係のようだしな。でも確かなことは、五十嵐さんにとって、あんたは友人だったってことだ。誰も呼ばなかったアトリエに、たったひとりだけ訪問を許したくらいには」

「……友人。……たった、ひとりだけ……」

意味を探るようにその言葉を繰り返す原に、時和は罪の重さを自覚してくれと願いつつ、熱を込めて言う。

「その友人にひどいことを言われて、傷ついて、五十嵐さんは激怒したんだろう。あんたが率直に、寂しいから戻って欲しいと腹を割って話していたら、こんなことにはならなかったんじゃないか？」

「そ、それは……でもそれでは、バカにされるから」

「なんでそうなるんだよ。友人に寂しいと言われてバカにしたりなんかしないだろ、普通。多少は照れ臭いとしても」

「違う。そうじゃなくて、あ、あの人は……だって、芸術家だったから」

「芸術家には確かに、個性的で風変わりな人が多いとは思いますが」

動揺している原に、淡々と告げたのは樹神だ。

「肩書きや職業という包み紙を外してみれば、血と肉を持った生身の、悩みを抱えたひとりの人間でしょう。あなたも、五十嵐さんも」

気に食わないところは大いにあるが、この件に関しては、時和は樹神に同感だった。

「まったくだ。まだ二十歳ちょっとのガキだろうが。そんなぺらぺらの包み紙に固執したせいで、必死に無駄な虚勢を張って、つかなくてもいい嘘をついて怒らせて……それが取り返しのつかない結果に繋《つな》がったんだ」

「……う。……うう」

時和の言葉が駄目押しになったのか、原はがっくりと下を向く。

そして時和と江波戸によって、署に連行されるまで、もう一言も口をきかず、肩を震わせていたのだった。

原を刑事課に引き渡した時和と江波戸は、遅い昼食をとることにする。

「先生も一緒にどうですか！　署の裏に、美味《おい》しい定食屋さんがあるんですよ」

江波戸が声をかけたが、樹神はやんわりと誘いを断った。

「申し訳ないですが、明日の講義の支度があるので戻ります。あ、車は出さなくていいですよ。ここからバス停は、近いですからね」

そうですか、と江波戸は残念がる。

「今度、ぜひ。お年寄りがやってる小さな店だけど、コスパもいいんです。それに今日は休日専用割引券が……」

言いかけて、あっ、と江波戸は小さく叫んだ。

「割引券、デスクの引き出しに入れたままでした！　気がついてよかったあ。先輩、ちょっと待っててください！」

そう言って、江波戸はエレベーターホールに向かって駆け出していく。

「まったく、ガキみたいなやつだな。随分と先生に懐いてるみたいだけど、つき合いは長いのか？」

呆れつつ尋ねると、そうですね、と樹神は手袋をはめつつ認める。

「彼がまだ、駐在所にいたときからの知り合いです」

それなら無理もない、と時和は納得して、ハッとした。

（じゃあゼロ班のことも、江波戸から聞いて知ってるのか？）

だとしたら、なぜ時和が配属されたのか、どんな超感覚を持っているのかと、根掘り葉掘り聞かれるかもしれない。先日あれだけしつこく、なにか見えるのではないかと詮索してきた相手だ。

これはもう、早いところ帰ってもらおう。そう考えて、時和は形式的に感謝の言葉を口にする。

「……じゃあ、これで。本日はご協力、ありがとうございました」

軽く頭を下げると、樹神は相変わらず、薄い笑みを浮かべていた。

「いえいえ、お気になさらず。まさか深沙大将の絵が見られるとは思わず、なかなか興味深い経験でした」

「それはよかった」

では、と退出をうながすように軽く右手を玄関のほうに向けても、樹神はまだ立ち去ろうとしない。

「それにしても時和さん。あなた、よく気がつきましたね。爪の間に挟まった、発泡プリントの欠片《かけら》のことを」

時和は眉間に、ゆっくりと皺《しわ》を寄せる。

「爪の間に物証が残っているというのは、別に珍しいことじゃない」

「だから調べて当然だったと言うんですか？　白いアクリル絵の具の詰まった爪の間の、

微量な白い顔料。本当にあなたはなにもなくとも、一本一本の指を再確認するよう、指示しましたか?」

「……なにが言いたい」

白皙《はくせき》の顔に浮かぶ作ったような笑みを、時和は睨《にら》んだ。

「気がついたらおかしいか」

「いえ。調べようとするきっかけを、どこでつかんだのだろうかと思ったんです。理屈ではない、あなた独自の感覚なのかなと」

(やっぱりそうきたか)

廊下の蛍光灯が切れかけているのか、チカチカとまたたいた。目の前に立っている男が、ふいに気味が悪く感じられる。

露骨に嫌な顔をしていると、やれやれというように、樹神は肩をすくめた。

「喧嘩《けんか》を売っているわけじゃないのに、どうしてそんなに警戒心をむき出しにするんです。まあいいですよ、問い詰めているわけじゃありませんから。ただ」

樹神の整った顔から、すっと笑みが消えた。そうするとその顔はひどく冷たく見え、非人間的に思える。

「もしも、目に見えないなにかからヒントを貰《もら》って、それが証拠発見に結び付いたのだとしても。いったい、そのなにが悪いんですか」

「……え……？」

思いがけない質問に、時和は答えに窮した。

「あなたは先ほど、原さんにこう言いました。包み紙に固執したせいで、必死に無駄な虚勢を張っている、と。あなたもまた、刑事が怖がるのは格好悪いだとか、そんなつまらない包み紙のせいで、自分の能力を恥じているんじゃないですか？　だとしたらそれは無駄な上に、非合理的なことだと思いますよ」

図星をつかれた気がした。だから時和には、返す言葉がない。

と、樹神はくるりと背を向けて、人工大理石の床をカツカツと歩いていく。

そして自動ドアを出ると日傘を優雅に差し、警察署から道路に向かう階段を、ゆっくりと下りて行った。

三章・嗤う少女

（急げ急げ、早く洗い終わって目を開け！）

水色のシャワーカーテンを閉めた狭いユニットバスで、時和《ときわ》はシャワーのコックを全開にして、髪からシャンプーの泡を洗い落としていた。

もういいだろう、と開けた目にまだ残っていた泡が額から流れ落ち、痛っ、と水流を顔に向けた拍子に肘をシャワーフックに打ち付けた。

「痛《いて》えな、クソッ、ああ、もう！」

身長百八十センチ以上の時和に、警察寮のユニットバスは狭すぎる。

半ば自棄《やけ》になり、時和はびしょびしょのままユニットバスを出た。そして用意していたバスタオルで顔を拭い、ひりひりする肘を気にしつつ、周囲を見回す。

（よ……よし。なにもいないな）

殺風景な部屋の中は換気扇の音が響くのみで、別になにも変わった様子はない。

待っている電話があるわけでも、見たいテレビ番組があるわけでもなかった。

それでも時和が慌ててユニットバスから出たのには、理由がある。

とにかく、目を閉じていたくない。その間に背後に、あるいは眼前に、なにものかがいるのではないか、いたらどうしようかと、想像してしまうせいだ。

(だいたいシャワーの最中に限らず、なんだか落ち着かないんだよな、この建物は)

錯覚なのかもしれないし、むしろ気のせいだと思いたい。

しかしこの部屋にいて、時和は何度か窓の外やユニットバスの鏡に、スッと影のようなものが過《よぎ》るのを見たことがあった。

あるいは夜中、ふと目が覚めたとき、足元に得体の知れない黒いものがうずくまっているように見えて、飛び起きたこともある。

いずれも単に、よくわからないものが目に映った、というそれだけのことだ。

けれど時和にとってその現象は、この居住空間を気味が悪く、落ち着かないものにしている。

(特に頭を洗ってる最中は、目を開けてられないから厄介なんだよな。鏡になんか映ってるんじゃないかと思うと、外に飛び出したくなってくる)

できればジムに通い、そこでシャワーを済ませたいのだが、まだ島内に手ごろな施設を見つけられないでいた。

（わかってるんだけどな。幽霊より、殺人やら強盗やら人間のほうが残酷で、実害があるってことは。でも俺が対処の仕方を知ってるのは、人間のほうだけだ）

しかし、人間が相手だからといって、必ずしもその意図や思惑がわかるとは、もちろん限らなかった。

「この遺体の上や周囲に散らばっている丸い形の葉は、いったいどういうことなんだろうな……」

「犯人が撒《ま》いたとすれば、指紋が取れそうですね」

「取れたとしたら、間抜けな犯人だ。そもそも、なんの植物だこれ。周囲に似たような植木や茂みはないし、わざわざ持ってきたってことか」

「見たことがあるような、ないような葉っぱですね……調べたらすぐわかるでしょうけど」

十二月の初旬。十四歳の女子中学生、三田村美憂《みたむらみゆ》が廃墟《はいきょ》になったホテルの敷地内で遺体で発見された。

今、少女は学校の制服を身に着けたままひび割れたコンクリートの上に横たわり、細い手足を壊れた人形のように奇妙な方向に投げだしている。

血だまりの中に模様を描く、つやつやとした綺麗《きれい》な長い黒髪が、生前、彼女が持っていたであろう活力と生命力を表しているようで、なんとも痛ましい。

生徒証を身に着けていたため、すでに名前も住所も確認されていた。

遺体の上と周囲に、丁寧に振りかけられたような木の葉があることから、事故や自殺ではないだろうと推測される。

現場は観光地に近く、署からも大して距離はない。そのため、この日は夜勤だった時和と江波戸《えばと》が、通報されて間もなく駆け付けていた。

周囲では忙《せわ》しなく鑑識課員たちが葉を拾い集め、遺体を囲むようにチョークで線を引き、なにか遺留品はないかと目を皿のようにして捜している。

もちろん、転落したと思《おぼ》しき建物の上でも、状況確認が行われていた。

「うーん、やっぱりまだ繋《つな》がりません。こんな時間にどうしたんでしょうね」

苛立《いらだ》ったように江波戸が言ったのは、何度も美憂の両親に、電話をかけていたからだった。

スマホには登録がなかったので、生徒証にあった家の固定電話に連絡を入れ続けているのだが、深夜から早朝の今もまだ留守らしい。

そのため彼女の遺体を確認したのは、学校の担任教師だった。

「両親、どっちも留守ってのが気になるな。なにか事件に巻き込まれたんじゃないといいんだが」

「被害者のスマホも普通、母親か父親、どっちかの番号くらい登録されてそうですけどね。仲が悪かったんでしょうか」

「まあ、反抗期だと考えたら、ありえなくはないな」

遺体を見るに、スカートはやや短いが、髪を染めたりピアスをしているわけでもなく、ごく普通の十四歳という印象を受ける。

教師の話でも、成績は中の上くらいで、問題を起こしたことはない生徒だという。

やがて朝日が、廃墟の外壁の半分をオレンジ色に染め、反対側に黒々と影を落としていく。その周辺を、時和はぐるりと眺めた。

廃墟のホテルは無人だが、近くにパーキングと書店がある。

「まずこの辺りの、防犯カメラの解析を頼もう」

「ですね。それにしても、こういう事件は嫌だなあ」

江波戸は白い息を吐きながら童顔を曇らせて、布のかけられたばかりの遺体を見た。

「まだこれからって年齢じゃないですか。自殺や事故にしろ、他殺にしろ、やりきれないですよ」

「他殺だったら許せないな」

布からちらりと覗《のぞ》く、靴が脱げ、白いソックスに包まれた小さな足の先を見て、時和も溜《た》め息《いき》をついて手を合わせる。

今の時点でわかっていることは少ないが、どう見ても意図的に撒かれた葉っぱの存在を考えると、事故や自殺の可能性は低いように思えた。

「たまたま遺体を見つけて悪戯《いたずら》をした、まったく無関係の人間がいる、ってことはないでしょうか」

「万が一、そんなやつがいたとしても、どっかから葉っぱをとってきて撒く、ってのは意味がわからない。なにかそういう、特別な儀式でもあるなら別だけどな」

「それじゃ、これはもしかして、あれですかね」

江波戸に顔を覗き込まれ、その意図を察した時和は口をへの字にしたものの、すぐにうなずいた。

全面的に印象がよくなったわけではないが、頼りになることは認めざるを得なくなった、白い顔が脳裏に浮かぶ。

「俺たちがあれこれ考えるより先に、御高説をうかがってみるか。……この時間だと、まだ家で寝てるかな」

「僕、自宅の番号も知ってます」

そう言って江波戸が連絡を入れたのは、もちろんあの風変わりな准教授、樹神彗《こだまけい》だった。

午前八時には出勤するということだったので、時和は江波戸とともに、またも東帝大学《とうてい》流麗島《りゅうれいじま》校舎の、樹神の研究室を訪問していた。

以前と同じソファにうながされて座ると、燻製《くんせい》のチーズと、珈琲《コーヒー》が振る舞われる。

「燻製機を買ってみたんです。ハムとか、鶏肉《とりにく》とかも燻製にしてみようと思ってるんですよ。ワインのつまみにいいかなって」

どうやら今回は、自宅で本人も食べるつもりらしい。

いただきます、と早速口に入れた江波戸の顔が、嬉《うれ》しそうにほころんだ。

「美味《おい》しいです、すごい香ばしくて。ねえ、先輩」

「んー、まあ、そうだな。俺はワインより、ビールのつまみにしたい」

「おつまみじゃなくて単体で味わっても充分美味しいですよ。樹神研究所製として売ればいいのに。この前のクッキーといい、商品として通用すると思います！」

絶賛する江波戸に、樹神は嬉しそうに笑った。

「そうですか。それはよかった」

確かによくできた燻製チーズで、江波戸は半分以上もモグモグと食べてから、事件の経緯を話し始める。

「……ええと、では、今回の事件のおおまかな説明をさせてください。現場は日暮町《ひぐれ》、廃業した日暮第一《だいいち》ホテル。亡くなったのは流麗島中央町の三田村美憂さん。十四歳。発見者および通報者は、居酒屋のアルバイトから帰宅途中のフリーターです。屋上からの転落で亡くなったというだけでしたら、事故や自殺と見ることもできます」

「つまり、それだけではない」

樹神の言葉に、江波戸はうなずく。

「監視カメラと防犯カメラ、まだ全部は確認できていないんですけど、現場近くの書店の防犯カメラには、三田村さんが閉店間際まで、女と一緒に店内にいる様子が映っていました」

ふうん、と樹神は、眼鏡をくいとかけ直す。

「なにかお買い物をしていたんでしょうか」

「いえ、なにも。しばらく棚を見て、出て行ったみたいです」

「一緒にいた女の顔や、だいたいの年齢はわかりましたか？」

「つばの広い帽子を深くかぶってサングラスをしているので、とてもわかりにくいです。でも、姿勢や手の感じだと、若く見えました。女は個性的な……裾がフレアタイプになっている、ボタンの大きなトレンチコートを着ていて、それが一番、手掛かりに繋がりそうです」

「つばの広い帽子に、個性的なトレンチコートですか。これなら道を歩いてるだけでも目立ったでしょうね」

「はい。書店の店員さんも、覚えてました。ひとりは中学校の制服だし、友達っぽくもないし、そろそろ店を閉めるっていうギリギリの時間に来て、うろうろした挙げ句、なにも買わないまま出て行ったので気になっていたと」

ふむ、と樹神はわずかに首を傾《かし》げた。

「その女性が殺人に関わっていたとするなら、不自然ですね。計画的に実行するなら、行動も服装も、極力地味にするでしょう」

「ああ。しかし、無関係とも思えない。単なる事故や自殺じゃないのは確かだ」

江波戸の隣に座っていた時和は、力を込めて言う。

「有力な物証が出たんだ。遺体が、髪の毛を握っていた。DNA鑑定に数日かかるが、三田村さんのものでないとしたら、突き落とされる寸前に、犯人の髪をつかんだんだろう」

なるほど、と樹神はうなずく。

「遺書は発見されていないんですね」

「ああ、まだだ。それから、なにより他殺ではないかと一見して思えた理由が、これだ。遺体の上と周りを、囲むようにして撒かれていた。この島の呪いやまじないに、この木の葉を使うものはないか教えて欲しい」

時和は小さなビニール袋に入った、木の葉を見せる。

押収した全部ではなく、数枚だけ鑑識課から借りてきたものだ。

「よろしいですか？」

言って差し出された樹神の手に、時和はビニール袋を渡す。

「……これはユーカリですねえ」

一目見て、すぐに樹神は木の種類がわかったようだが、その細い眉根は、困惑したように寄せられていた。

「先生。いつもみたいに、ぱぱっと推理しちゃうことはできませんか？」

江波戸の言葉に、樹神は苦笑した。

「今回は、私にもよくわかりません。ユーカリの葉を遺体に撒《ま》く、などという呪術やまじないは聞いたことがないんです。……強いて言えば西洋でハーブやアロマとして、健康祈願に使うくらいですかね」

「それじゃあ、この葉っぱに意味はないのか……まいったな、意味のない真似《まね》をする必要性が、まったくわからない」

時和の声には、いかに樹神の知見に期待していたかがわかってしまうくらい、落胆の色がにじんでいた。

「残念ながら、撒いた人の意図はわかりません。でもクリスマスリースなどに使われる植物ですから、島の生花店に買いに来たお客さんを調べるのも、ひとつの方法ではないですか。この件に関して私がアドバイスできるのは、これくらいです」

言いながら樹神はビニール袋を、時和に返した。

「ご両親からは、すでに聞き取りはされたのですか？　今は、それが可能な精神状態ではないかもしれませんが」

「いや、それがふたりとも連絡がとれない。在宅もしていないようだ」

まだ？　と樹神は意外そうな顔をする。

「深夜からこの時間まで、お留守なんですか。ではご両親か、あるいはそのどちらかが、犯人という可能性もありますよね」

恐ろしいことを、淡々と樹神は言う。

「なくはないな。被害者の親族の消息がつかめない場合、犯人だったというケースは多々ある」

「じゃあ、トレンチコートの女が、母親という可能性も」

「それも、ないとは言い切れない。連絡のとれた担任教師に、交友関係に問題はないか聞いてみても、まったく心当たりがないと言っていた。友人の生徒たちに聞き取りをすれば、もっと詳しいことがわかるだろうけどな」

「生徒さんたちにですか。相手は多感な年ごろですから、慎重にしないといけませんね。……ところで」

樹神は珈琲を一口飲み、ちらりと時和を見る。

「検視では、ご遺体に争ったような跡は確認できなかったんですよね。では転落した現場は、見に行かれましたか？」

「あ、僕がホテルの屋上に行きました。先輩は担任教師から話を聞いていたので」

江波戸の返事に、ほう、というように、眼鏡の奥の淡い色の瞳が光る。

「時和さんは、屋上をご覧になっていらっしゃらない。それはなぜ」

時和はギクリとして、目を逸《そ》らす。

「い……今、江波戸の話を聞いてなかったのか」

「教師から話を聞いた後でも、確認に行くことはできるでしょう」

「鑑識から他に物証がないか、随時報告は受けている。それにあれだ」

時和は、軽く江波戸の肩を叩《たた》いた。

「こいつは有能だから、任せても安心なんだよ」

「えっ、そう言われると照れるなあ」

嬉しそうに頭をかく江波戸だったが、樹神が時和を見る目は鋭い。

なにが言いたいのか、とっくに察していた時和は、重い溜め息をついた。

屋上から転落し、無念の死を遂げた少女の亡霊など、できれば見たくない。

「別に俺が見に行ったところで、なにかわかるとは限らない」

ぼそっとつぶやくと、きっぱり樹神が否定した。

「嘘《うそ》です。逆に現場に行ってもなにも感じなさそうであれば、あなたは確かめに行くはずですよ」

そう言うと、サッと立ち上がる。

「不安ならば、約束します。私がついていれば、なにも問題ありません。行きましょう。その目で確かめるのが、一番早い」

「どういうことですか？」

江波戸がきょとんとした顔で、樹神と時和を交互に見た。

時和は俯《うつむ》いて、空になった珈琲カップに視線を落としつつ考える。

（もし三田村美憂の亡霊が、転落した建物の屋上にいるとしたら、それを俺が見れば、ある程度は状況がわかると思う。少なくとも、事故か、自殺か、他殺なのかくらいは。だからこそ俺が現場に近づきたくないことまで、この先生はお見通しってわけだ。……俺だって、本当はわかってる。早期の事件解決を願うなら、さっさとそうしたほうがいいってことは。無駄で非合理的。まったくだ、自分でも嫌になる）

いかに理屈で納得していても、やはりひとりでは行きたくない。

怖いし、怖がる自分が恥ずかしい。だが事件解決の糸口になるならば、行くべきではないのか。

（よ、よし。昼だし、三人なら、大丈夫だろう。この機会を逃して、結局ひとりで行くなんてことになるよりは）

「――わかった。そうまで言うなら、試してみよう」

時和は想像しただけで震えそうになる自分を叱咤《しった》し、転落現場となった廃墟《はいきょ》ホテルへと赴くことにしたのだった。

一度は決意したものの、三田村美憂が転落した廃墟ホテルにやってきた時和は、屋上に足を踏み入れる前からすでに後悔していた。

この日、晴れていたのは早朝だけで、だんだんと空は鉛色の雲に覆われてきている。

錆《さ》びた柵と、ひび割れたコンクリートの、だだっ広い屋上には冷たい風が吹き、そこから見える街の景色のなにもかもが、灰色にくすんで見えた。

（うわ。……これだよ、まいったな。ひどい寒気だ。胸の中が重くなるような、気味の悪い気配がする。だから来たくなかったんだ）

地面に横たわった遺体の周辺では、三田村美憂の亡霊は見ていない。

しかし建物の屋上を下から見たときに、そこに黒い霧が渦巻いているような異様な気配を、実は当初から時和は感じ取っていた。

樹神と江波戸はなにも気にしていない様子で、屋上からの景色を眺めたりしている。

時和は屋上へ出るドアを開けて、コンクリートの床に足を踏み出した瞬間から、全身が凍り付いたように感じていた。

ぶわっ、と鳥肌が立ち、悪寒が背筋を走る。これ以上ここにいてはいけない、と頭の中で警報が鳴り響いていた。

(なにかいる。ああ、見たくない。見たくないけど、絶対に、そこにいる)

いやだいやだと思いつつ、濃密な気配がするほうに、時和がゆっくりと首を曲げていったそのとき。

(やっぱり……ここにいたのか。三田村美憂)

時和の目には、樹神にも江波戸にも見えていないであろう、少女の姿が映っている。

(けどこれは、なんだ。どういうことだ)

ブレザーに、チェックのミニスカート。長い黒髪をなびかせる少女は、まるで妖精のようにはかなく、美しく見える。

少女は、楽しそうだった。

屋上の後ろのほうからスカートをひるがえし、勢いよく走って行って、ひらりと柵を乗り越える。

あっ、と時和は声を出しそうになったが、もちろんそこに実体はない。

しかし、ふと背後に再び気配を感じて振り向くと、またも少女は助走をつけて、まるでゲームかスポーツでもしているように、ポンとその身を空中に躍らせた。

（どうして笑ってるんだ。なにが面白い）

それは悲しそうにしている亡霊より、なお一層不気味に感じられた。

少女は決して、穏やかに微笑《ほほえ》んでいるというわけではない。勝ち誇ったような、嘲笑するような、挑戦的な笑みを浮かべていた。

花びらのような唇が、小さく動いている。

『ざ・ま・あ・み・ろ』。そう読み取って、時和は戦慄した。

繰り返し繰り返し、少女の亡霊は笑みを顔に張り付けて、得意げに屋上から飛び降りているのだ。

（ざまあみろとは、誰に言ってる。死んでしまって、なにを嬉《うれ》しそうにしてるんだ。死ぬってことの意味を、わかってるのか。死んだら、そこで終わりなんだぞ。なにも面白いことなんてないはずだ）

その真意を確かめたい。そんなのは間違っていると言ってやりたい。

時和が思わず少女を追うように、駆け出そうとしたそのとき。

ぐっと背後から、腕が強い力でつかまれる。

「確認できましたか、時和さん。それならもういいです。引き込まれないうちに、今日はこれで帰りましょう」

静かに言って手を離し、樹神が時和の頭上に傘を差しかけてきた。

「……先生」

振り向いて樹神を見て、再び少女のほうに顔を向けたとき。

すでに亡霊は、どこにも見えなくなっていた。


(あれは、自殺だ。少なくとも、誰かに無理やり屋上から突き落とされたわけじゃない。自分で望んで、飛び降りたんだ)

時和が三田村美憂の亡霊を確認した後、今の状況で、自分にできることはなにもないからと、樹神は大学へ戻っていった。

一方、流麗島署に戻った時和と江波戸は、ようやく美憂の両親と連絡が取れ、取調室で話を聞くことができていた。

「だから、昨夜はずっと、う、打ち合わせをしていたんだ、仕事の。それで事務所で、うたた寝をしてしまっていた」

町議会議員だという三田村美憂の父親は、八対二に髪を分けて撫《な》でつけた、壮年の男だった。

　眉毛まできっちり整え、シルバーグレイのジャケットに、ピンクのシャツを着ている。年齢より、かなり若々しく見えた。

「死亡推定時刻は深夜二時から三時。ビルの警備会社に問い合わせましたが、その時間、三田村議員の事務所は無人で、電気も消えていたと証言していますが」

「寝ていたのを、警備員が気づかなかったんだ！　私と娘が死んだことには、なんの関係もない！　なんだ、疑っているのか？　私は島の有力者なんだぞ！　冤罪《えんざい》を着せて、ただで済むと思っているのか！」

　娘が死に、もしかしたら他殺の可能性もあるかもしれないというのに、自分の体面ばかりを気にしている。

　それが、時和が三田村美憂の父親に感じた印象だった。そして母親は、

「わっ、私は深夜のウォーキングをしてました。本当です、私の日課だったんです！　ダイエットのために歩いたら、いけないっていうの？　だってまさか、美憂がそんなことになっているなんて、思うわけがないじゃないですか！　私が美憂と一緒にいた、映像がある……？　トレンチコートを着て？　ありえない、それなら絶対に危険な目になんか遭わせなかったわ。美憂は私がお腹《なか》を痛めて産んだ、大事な娘よ！　でも……そう、あの人は

違うわ！　夫は美憂を、自分の子じゃないんじゃないかと疑ってた。私が浮気をして作った子供だ、DNA鑑定をするなんてひどいことを言ってたもの！」

美憂の母親は、顔立ちも装いも華やかだった。面長の顔は、美憂に似ている。綺麗《きれい》にセットされたショートのパーマヘアで、大粒のパールのネックレスが、水色のセーターの胸元で揺れていた。

遺体と対面したときには激しく泣き叫んだ母親だが、今は悲しみより怒りに心が支配されているらしく、眉がつり上がっていた。

「そうだわ、夫が美憂を殺したに違いありません！　だって寝室に出入りして、怪しまれずにクローゼットから私のコートを持ち出したとしたら、夫にしかできませんよ！　そうだ、少し前に失《な》くしたコートがあるから、あれかもしれない……。そうやって、愛人にでもコートを着せて、私のように見せかけたんだわ！　あああ、可哀想《かわいそう》な美憂。返して、私の美憂を……！」

資産家の家に生まれた美憂は、物質的に恵まれた環境で育ったことは確かだ。しかし、ふたりの話を聞く限りでは、幸福な家庭生活を送っていたとは、到底思えなかった。

結局、両親のどちらも、昨晩のアリバイはない。誰かが遺体に木の葉を撒《ま》いた形跡。直前まで一緒にいた、トレンチコートの人物。

このような状況では、単なる事故や自殺として片付けられるはずもなく、間もなく家宅捜索の令状が出て、美憂の自宅を捜索することとなった。

だが、時和としては複雑な心境だ。

（あの亡霊の様子からして、自殺だと俺は思う。けど動機がわからないし、誰かが手を貸したかそそのかした、自殺ほう助の可能性もある。身体《からだ》に傷はなくても、親に言葉の暴力で精神的に追い詰められるようなことがあったなら、それは虐待だ。この両親の話を聞いてると、それもありえる気がする）

三田村美憂の家は、洒落《しゃれ》た北欧風の外観をした、二階建ての大きな一軒家だ。近年改築したとかで、外観も内装も新しい。

美憂の十二畳の部屋は、白いファブリックと家具で統一されていた。

けれど室内は、あまりにもすっきりと整理整頓され、チェックインしたてのホテルのような雰囲気さえある。

机の上にはなにもなく、ベッドカバーには皺《しわ》ひとつない。

綺麗好きと言えばそれまでだが、女子中学生の部屋にしては片付きすぎていて、生活感がまったくない、と時和は感じた。

(身辺整理をしたのだろうか。そこまで覚悟した上での自殺だっていうのか？)

そんなことを考えながら、室内を見分していた時和は、鏡やアクセサリーなどの細々としたものが飾られた棚の前で足を止めた。

可愛《かわい》らしい小物入れや、コロンの瓶などと一緒に、ウサギに犬猫、猿に象、様々な動物たちの小さなぬいぐるみが、ずらりと並べてあったのだが。

(犬だけ首が取れてる。もぎ取ったのか？　単に劣化して取れたのかもしれないが)

糸の一部だけは胴体にくっついていて、首がぶら下がっている状態なので、余計に悲惨に見える。

日記らしきものもなく、これまで美憂がなにを考えていたのか、どんな気持ちで生きてきたのかを解明できるようなものは一切なかった。

(このぬいぐるみも、捨てるのは可哀想に思えて取っておいたものの、面倒で修理しなかっただけ、ってこともありえるよな……)

ただ、美憂の死への決意だけは、このあまりに整然とした部屋の様子から察せられた。

(助けてくれと、誰かにすがった様子もない。なにがそこまで、彼女を死へと駆り立てたんだ)

広々としたリビングは、母親のピアノ教室も兼ねているようで、中央にデンとグランドピアノが置いてある。

時和はそれを横目で見ながら、夫婦の寝室へと入った。

どっしりした薄紫の、金糸の刺繍《ししゅう》が入ったカーテンと、それとおそろいのベッドカバーが印象的な、豪華な部屋だ。

壁の一角には、例のトレンチコートが置いてあったと思《おぼ》しき、ウォークインクローゼットの扉がある。

濃紺の絨毯《じゅうたん》が敷き詰められた室内を、ゆっくりと注意深く見回した時和は、二台のダブルベッドの中間に、紙切れが落ちていることに気がついた。

近づいてしゃがんでみると、どうやらそれは一枚きりではないようだ。

奥のほうまでベッドの下を覗《のぞ》き込《こ》んでみると、紙切れは左右両方のベッドの下に、何枚も大量にあるのが見てとれた。

「なんだ、これは……」

迂闊《うかつ》に触らないよう気を付けつつ、じっくりと観察してみると、どうやらそれは十センチ四方の折り紙で、色は様々だった。

鑑識が来て押収していく前にと、時和はベッドの下からはみ出しているものだけでなく、奥のほうまで自分のスマホを差し入れて、それらを撮影した。

画像を明るい窓際で確認すると、折り紙の色のついていない裏側には、赤い色鉛筆でなにやら文字が書いてある。

「呪呪呪、殺殺殺？　死を願う、消し去る、逝け……」

さらには、ビリビリに破かれた写真と、美憂と名前の書かれた紙まであった。写真はどうやら、美憂の顔写真のようだ。

（呪いかまじないの一種じゃないのか？）

そう思った瞬間、樹神の顔がふっと脳裏に浮かんだ。

どうもこういう謎に出くわすと、条件反射のように樹神を思い出してしまうらしい。

嫌なクセがついてしまった、とスマホを手に立ち尽くしていると、江波戸が駆け込んでくる。

「先輩！　防犯カメラに映っていた女が着てたトレンチコートと帽子、ここにありました！　裏庭の物置です！　やっぱり、母親のものだったんですよ」

「……なんだって」

自殺だと確信していた時和は、動揺する。

（俺が見たあの少女の亡霊は、本当に三田村美憂だったのか？　トレンチコートを着ていたのが母親か、父親の愛人だったとしたら……。自殺というのは、俺の思い込みじゃないのか。親が娘を呪い、自殺に追い込んだってことも……。慎重に考えろ。もしもあの亡霊が、俺の妄想や錯覚だったら、とんでもない間違いをしでかすことになる)

時和は考え込みながら、スマホの画像を改めて見つめた。

「もう、びっくりしちゃって……美憂、可哀想」

「全然、いじめられてるなんて、聞いたことない。そういうのって、ちょっとでも雰囲気あったらわかると思うけど。ねえ刑事さん。美憂、自殺っていう噂《うわさ》があるけど、絶対に違うと思います！」

放課後の中学校。短時間ならという条件で許可を取り、三田村美憂と親しかったという三人のクラスメートから、時和と江波戸は話を聞くことができた。

パイプ椅子とテーブルがあるだけの十畳ほどの部屋は、普段は進路指導室に使っているという。

窓の外の大きな木は桜のようだったが、今は葉が枯れ落ちている。ガラス戸越しにグラウンドで部活に励んでいる生徒たちの声や、バットがボールを打つ音がずっと室内に響いていた。

三人の女子生徒は、級友の死にショックを受けているらしく、いずれも涙を浮かべたり、赤い目をしている。

派手だったり特に目立つ印象はなく、成績は中くらいで、明るい性格の生徒がそろった仲良しグループだと、教師から説明を受けていた。

「絶対に違うって、どういうこと？　何かそう思う理由があるの？」

尋ねたのは、時和の隣に並んで立っていた江波戸だ。

学校に来る前に、生徒からの聞き取りは、なるべく時和より江波戸が受け持つよう、ふたりで打ち合わせをしていた。

童顔で愛想のいい江波戸のほうが、生徒たちも心を開きやすいだろう、と時和は考えたのだが。

そのほうが絶対に大正解です！　と江波戸に即座に肯定されたときには、少し複雑な気分になった。

その作戦は功を奏したらしく、女子生徒たちはニコニコしている江波戸に警戒心がないようで、尋ねたことにはなんでも答えてくれている。

「うん。理由はあります。……だって」

生徒たちは顔を見合わせ、心を決めたように言った。

「夏休みが終わったくらいからかな。美憂はよく、そのうちお母さんに殺される、って言ってたから」

「えっ。そんなこと言ってたの？」

「まじで言ってた。てか、LINEにも書いたの残ってますよ」

「あたしには、お父さんに殺されかけたって言ったこともあった。なんかひどい家だったみたいなんです」

「両親、めっちゃ仲悪いみたいだったよね。喧嘩《けんか》ばっかりしてるし、自分も嫌われてるって。もし本当に殺されたなら可哀想すぎるよ、美憂」

「先輩……！」

思わずというように、江波戸が時和を見る。

「友達関係では、本当になにも問題はなかったんだな？」

念を押すように時和が言うと、三人はビクッと怯《おび》えた顔をする。

どうやら時和は、つい険しく厳しい表情になっていたらしい。

江波戸が慌ててフォローした。

「あー、あの、このおじさん本当は優しいから、怖がらなくっていいからね」

「おじさんだと。お前、他になんか言い方あるだろ」

小声で言うと、江波戸は焦った様子を見せつつも、女子生徒たちに無理やり作った笑顔を向けた。

「ええと、勉強の悩みとかはどうだったんだろう。先生は、美憂さんの成績が、少し落ちてたって言ってたけど」

「あっ、それは気にしてました」

「だけど、それも結局は親に繫《つな》がるでしょ」

別の生徒がたしなめるように、発言した生徒を肘でつつく。

「美憂の家、成績に関してすっごく厳しいって言ってました。島内でも有名な資産家の一族で、おじいさんが亡くなったときの遺産がすごかったそうです。お父さんは婿養子で、そのことにコンプレックスがあったのか、おじいさんが亡くなってからすごく威張り出したみたい。それに町議会議員をしてたから、恥をかかせるなって言われてるって」

「殺そうとするくせに勉強にはうるさいって、美憂の親、最悪だよね」

「そうそう。だから、本当に殺されそうだったら、相談センターみたいなのに電話してみたら？　って忠告したこともあったけど、うちの親が揉《も》み消《け》すから無駄だよ、みたいに言ってて。せめて、先生に言うべきだったかな」

「うちの先生じゃ、なんにもできないよ。強い相手には弱いから」

「なんにもしないよりは、ましだったかも」

「今さらそれ言っても遅いし……」

三人で言い合いを始めた少女たちに、時和はできる限り怖い顔と声にならないよう、気をつけつつ尋ねる。

「それじゃあ美憂さんから、親に殺される、って聞いたときにも、成績が原因だって言ってたのかな？」

「うーん。それもあったかも。お父さんに、お前はバカだから自分に似てないって言われたみたいだし」

「美憂の家、お金持ちだからちょっと羨ましかったけど。親が議員とかやってると、そういうのがプレッシャーになってたみたいです」

「ああ、まじ可哀想《かわいそう》、美憂。泣けてくるよ」

気持ちが高ぶってきたらしく、ぐすぐすと三人は鼻をすする。

「辛《つら》いことを聞いて、申し訳ない。でも、とても参考になるから、もう少しだけ協力してくれ。……他のクラスの生徒や部活でも、揉めているような相手はいなかったんだね？」

「と思う。うちらも美憂の友達関係、全部知ってるってわけじゃないけど……」

「そうだ、彼氏はいなかったの？」

江波戸の問いに、三人は一斉に首を左右に振った。

「それはいないです。いたら噂《うわさ》になるから、隠してるとかもないと思う」

「島でデートするとこ、決まってるもん。絶対にバレるよね」

「でも、私たちよりもっと美憂と仲いい子がいるんですよ。だからその子に聞いたほうが、詳しいことわかるかも」

「そうそう、今は別のクラスだけど、山岡那奈《やまおかなな》っていう子。幼稚園からのつき合いで、美憂の親友でした。B組です」

礼を言って三人には引き取ってもらい、職員室に向かった時和と江波戸は、山岡那奈の担任教師に、連絡をとってくれるよう頼んだのだが。

「山岡は、今日は欠席してます。風邪ということでしたが、三田村のことがありますからね。ええ、仲がいいのは私も把握しています。ショック状態なのかもしれませんから、せめて学校に出てこれるようになるまで、様子を見させてくれませんか」

当然だが、こうした事態に慣れていないであろう教師は、ひっきりなしに額の汗を拭いながら、焦った様子で釈明した。その言い分は、納得のできるものだった。

敏感な年ごろだ。万が一にも思いつめて後追い自殺などということになったら、警察の責任も問われる。

急ぐ必要はない、と判断した時和は、山岡那奈への聞き取りは、後日に持ち越すことにした。

「女子中学生が廃墟で屋上から転落した件ですね。どうなったのか、私も気になっていましたが。時和さんが、あの現場で『感じた』ことだけでは、納得がいかなかったというわけですか」

「ああ。出てくる事実や証言と、あのとき俺が見た……じゃない、感じたものとが、なかなか噛《か》み合《あ》わなくて、一致してくれない」

再び時和が樹神の研究室を訪ねたのは、二日後のことだった。

新たにいくつかのことが確認され、改めて樹神に尋ねたいことが出てきたからだ。

いつものソファに座った時和の前に、今日は樹神のお手製だという、蒸しパンが出されかけたのだが。

時和が口を開く前に、あっ、と樹神が声をあげた。

「甘いもの、苦手なんでしたよね。江波戸くんは、今日はいないんですか？」

「あいつは交通事故の予知夢を見たとかで、そっちに行ってる」

ほう、と樹神は感心したように言う。

「彼の超感覚も、すごいものがありますね。では、江波戸くんや署の方々に、蒸しパンをお土産に持って行ってください。たくさん作ってしまって。……佐鳥《さとり》くん、このお皿の包んであげて」

「わかりました。時和さん、冷蔵庫で保管して、なるべく今日中に食べたほうがいいと、みなさんにお伝えください」

佐鳥は皿を下げると奥のデスクで、冷蔵庫から出した十個ほどもある蒸しパンと一緒に梱包《こんぽう》し始《はじ》める。

さて、と樹神はソファに座り、時和に向き合った。

「それで、どんなことが新しくわかったんですか」

眼鏡の奥の瞳は相変わらず、好奇心にキラキラと輝いている。

まず時和は、生徒たちから聞き取りをした結果を、樹神に話した。

亡くなった美憂がしきりに友人たちに、両親に殺されると訴えていたこと。成績に対して両親が、かなり厳しかったこと。

「ただ、親友の山岡那奈って子からだけは、まだ聞き取りができていない。一番事情に詳しそうだけど、ショックを受けて欠席じゃ仕方ない」

「相手は思春期ですからね。刺激しないよう、慎重にいきましょう。美憂さんのスマホに、その親友の子とのSNSのやり取りは残っていないんですか」

「いろいろな友人に、両親に殺されるかもしれないってことは書いてる。でも、親友の子とだけはこの一か月ほど、一切文章でのやり取りをしていない」

「まったく連絡していないんですか。喧嘩でもしたんでしょうか」

「いや、通話記録はあるんだ。それも毎日かなり大量に。電話では話しても、文章で残したくないなにかがあったのかもしれないな。特に気になるのは死亡前の丸一日は、通話記録もないってことだ」

ふうん、と樹神は眼鏡のつるに指をやる。

「文章に残さない。それまで毎日していた親友との電話が、死亡の前日だけはない。確かに、気になります」

時和はうなずく。

「だから、親友の山岡って子がなにか知っているんじゃないかと思ってる。……そして、もうひとつ新しく判明したことについてだが」

時和が一度言葉を切ると、樹神は身を乗り出した。

「書店の防犯カメラに映っていた同伴女性が着ていたのは、母親のトレンチコートと帽子だと確認が取れた。これは家の裏庭にある物置から発見されて、母親はどちらも自分の物だと認めている。でも、クリーニングに出したまま今年は着ていないし、物置に入れた覚えもない。帽子も同様。もちろんそれを着て、三田村美憂と一緒に書店に行った覚えもないそうだ。むしろ、近いうちに着ようと思ったらなくなっていて、引き取り忘れただろうかとクリーニング店に問い合わせをしたという。確かにそういう電話があったと、店から確認も取れている」

「なるほど。その母親の、アリバイはどうなりましたか」

それだけどな、と時和は重苦しい息を吐く。

「昨晩になって、母親も、父親も、アリバイが成立した。どちらも愛人がいて、夕方から翌朝まで、それぞれホテルに行っていたらしい。最初は答えるのを拒否していたが、娘を殺した疑いをかけられて、これ以上隠すのは無理だと判断したんだろう。供述どおりホテルの防犯カメラに映っていたし、カフェやバーでの目撃者も複数いた」

「しかし、誰かが、……映像からしておそらく女性が、美憂さんの母親のコートを着て、死ぬ直前の彼女と一緒に歩いていた。やはり単なる自殺とは思えませんね」

樹神はテーブルの上で、両手の指を組む。

「もしその誰かが美憂さんの自殺を手伝ったとしても、その前にふたりで書店に寄る必要はあるでしょうか。それにあの廃墟《はいきょ》のホテルに行くには、パーキングの防犯カメラの傍《そば》を通らなくてもいい、別の道があります。だとすれば、彼女たちふたりは、あえてカメラに映ったのではないですか」

「あえて……なんのために？」

時和が眉をひそめると、樹神は静かに答えた。

「帽子とトレンチコートを見せるためです。要するに死ぬ前に美憂さんが、母親と一緒にいたと思わせたかった。コートを着た人物だけでなく、美憂さん自身も」

「いったいなんでそんな……」

言いかけて、時和はハッとする。

「まさか、母親が自分を殺したと思わせるために、三田村美憂が偽装を画策したって言いたいのか？」

「ありえるでしょう。もちろんまだ、断言はできませんが」

「いくら両親が不倫をしていたといっても、自分の命を捨てて、そこまでするとは思えない。……そうだ先生、これを見てくれ」

あくまでも冷静な表情を崩さない樹神に、時和はスマホを取り出して、画像を表示する。

「今日、ここに来た一番の目的はこれなんだ。三田村家の、夫婦の寝室にあったものだ。死だの、殺すだの、不吉な言葉ばかり書いてある折り紙。三田村美憂の写真と、名前が書かれた紙も破られて混じっていた。これはなにか、呪いかまじないの一種じゃないのか？つまり、両親は娘を、理由はわからないが邪魔に思っていた、とか。それに彼女の部屋の、犬のぬいぐるみの首が取れていたことも気になっている」

ううん、と樹神は、ユーカリの葉を見たときと同様に、細い眉をわずかに寄せた。

「こんなまじないは、知りません。これは……なんの法則もない、とても稚拙なものに思えます。犬のぬいぐるみの首も、呪いと関連があるとは思えませんね」

「あれ。ブルータウンですか」

時和の背後から、ひょいとスマホを覗《のぞ》き込《こ》むようにして声をかけてきたのは、紙袋を持った佐鳥だった。

「はい、これ蒸しパンです。ラップで小分けにしてありますから。ちなみに私は、ビニール手袋を使って作業したので、直接触ったりしてません。衛生面は安心してください」

「今、なんて言った？」

背後に顔を向けて尋ねると、佐鳥はムッとした顔をする。

「ちゃんと抗菌手袋を使いましたよ。もちろんその前に、アルコール消毒も……」

「そうじゃなくて、その前だ」

「佐鳥くん。ブルータウンって、なんのことかな」

樹神の問いに、ああ、と佐鳥は自分の勘違いに気がついたようだ。

「そのスマホの画面です。ブルータウンっていう、スマホのホラーゲームがあるんですけど、それの真似《まね》かなって」

「そのゲームの内容を、説明してくれ」

厳しい声と顔つきの時和に、佐鳥はたじろいだようだったが、さすがに女子中学生のように怯《おび》えたりはしなかった。

佐鳥によると、そのゲームのステージは町の住宅地であり、プレイヤーは住民たちを操作するのだという。

町では集会があり、その際に自分に敵意を向けてくる住民、嫌っている住民などを発見する。敵を確認したら、その相手の名前を書いたカードや呪いの言葉を、自分のベッドの下に置くのだそうだ。

写真は入手困難なアイテムで、お祭りなどのイベントをクリアして手に入れられれば、文字カードよりも強力なダメージを与えられるという。

町の外れには森があり、そこでユーカリの葉っぱを拾うと、回復アイテムとして使うことができる。大量に集めた場合には、復活にも使えるそうだ。

「ユーカリの葉っぱに、復活っていう花言葉があるんですって。大人気ではないですけど、そこそこポピュラーなゲームです。暇つぶしにちょうどいいくらいの」

「しかし嫌なゲームだな。……それには犬も出てくるのか？」

「いいえ。猫は出てきますけど」

ぽす、とテーブルに蒸しパンの入った袋を置くと、佐鳥はなにごともなかったように、奥の書棚へと戻っていった。

「じゃあ犬は関係ないとして、これはゲームの真似事なのかな」

時和は樹神と顔を見合わせて、一連の経緯について頭を巡らせた。

と、そのとき時和のスマホが鳴る。

「はい、時和。今、先生のとこだ。……ああ、親友の。彼女のほうから？……わかった、それならこちらから行く」

「なにか進展がありましたか」

樹神に尋ねられ、時和はうなずく。

「学校を欠席していた三田村美憂の親友が、警察に話がしたいと、自分から連絡してきたそうだ。これから家に行ってみる」

「今からですか？　すぐに戻れば、午後の講義に間に合いそうですね！」

「えっ？　おい、ちょっと待て」

樹神がすっくと立ち上がるや否や、佐鳥が手袋とスカーフを持って飛んでくる。

「先生、お出かけでしたら、十四時までには戻ってください」

「わかりました。ついでに佐鳥くん、スマホをデスクから持ってきてもらえますか」

手袋をきちっとはめ、佐鳥がハンカチでくるむようにして差し出してきたスマホをポケットに入れると、樹神は日傘を片手に、颯爽《さっそう》とドアを開いた。

「では行きましょう、時和さん」

「ああ、まあ……別にいいけどな」

その、あまりに当然のような態度と勢いに流されるようにして、時和は樹神と共に、三田村美憂の親友、山岡那奈の自宅へと向かうことになった。

流麗島署の機動捜査車両は、国産のセダンだ。

助手席に乗った樹神は、内装を見回す。

「収納に細かい気配りのある作りは、やっぱり国産車って感じがしますね。私のミトちゃんのような、色気と可愛《かわい》らしさはないですが」

「ミトちゃん？　ああ、あんたのアルファロメオのＭＩＴＯ《ミト》か」

「ＭＩＴＯには、神話って意味があるんですよ。素敵でしょう。時和さんは、自分の車は持っていないんですか」

「車は実家に預けた。スクーターだけ島に持ってきてる」

「スクーターですか。お買い物に便利そうですね」

どうやら原付と勘違いされたようだ。時和は横目で樹神を見る。

「言っておくが、ビッグスクーターだからな。俺のシルバーウイングは、飛ばせば百八十キロは出る」

「それはスピード違反ですよ、おまわりさん」

「……もちろん、法定速度は守ってる」

本当ですかねえ、と疑わしそうに樹神は苦笑し、気まずさから時和は話題を変えた。

「そんなことより、あれだ。ゼロ班の川名《かわな》巡査が、今回の件でまたタロット占いをやってくれたんだが」

「ああ、小夜美《さよみ》さんですか。当たりますから、彼女の占いは参考にするに値します。結果はどうでしたか？」

ええと、と時和はあまり印象的ではなかったカードの絵柄を、必死に思い出す。

「なんだっけな。この前の『悪魔』みたいに、派手なカードじゃなかった。男が二本だか三本の剣を持ってニヤリとしてる。その後ろにうなだれた二人の人間がいて、地面に二本、剣が落ちてた。笑ってる男が、勝ったってことらしい。けど、川名巡査に言わせると、強引な方法で無理につかんだ、虚《むな》しい勝利なんだと。復讐《ふくしゅう》とも読み解けるって言ってたな」

「『ソードの5』ですか。……なるほど」

つぶやくと、樹神はなにか考えに耽《ふけ》る様子で、それからは目的地に到着するまで、黙ったままだった。

山岡那奈の家は、三田村美憂の家から、徒歩で十分もかからないところにあった。

おそらく、幼いころから親しくしていたのだろう。

モダンな三田村家とは違い、那奈の家は古い日本家屋で、両親は不在だった。

通された座敷に、同居している祖父がお茶を持ってきてくれる。

「なんでも那奈ちゃんのお友達が、飛び降り自殺したとか聞いて。びっくりしたよねえ。那奈ちゃんも、悲しかったねえ」

「いいから、おじいちゃんは出てって」

「そんなこと言って那奈ちゃんひとりで、刑事さんとお話なんてできるのかね。心配だよ、おじいちゃん」

「平気だって、もう。いつまでも赤ちゃんみたいに扱うんだから」

那奈は長い髪をポニーテールにし、スッと鼻筋の通った、すらりと背の高い少女だった。物言いはハキハキとしているが、顔色はよくない。

祖父は心配そうに、時和と樹神に何度も頭を下げ、渋々と襖《ふすま》を閉めて退室していく。

それをやれやれというように肩をすくめて見届けると、那奈は大きな座卓を挟んで正面の座布団に座っている、時和と樹神を改めて見た。

「えっと、山岡那奈です。よろしくお願いします」

「こちらこそ、よろしく。三田村美憂さんについて話を聞かせてもらいたいんだけど、体調は大丈夫かな」

大丈夫です、と那奈はきっぱりうなずいた。

その表情を見て、おや、と時和は思う。

学校で話を聞いた同級生三人と、明らかに那奈は様子が違った。

親友を亡くし、悲しみに沈んでいるというよりは、なにかもっと強い意志がその瞳には宿っている。

「私が美憂に関して警察に言いたいのは、なによりも、早く美憂の両親を調べて罰して欲しい、ってことです」

那奈は姿勢を正し、顔を上げ、まっすぐに時和を見ていた。

「美憂はずっと前から、両親に怯えていました。もし私が死んだら、親に殺されたと思って、って」

「……那奈さんは、美憂さんが自殺した、とは思わなかったんだね？」

時和の問いに、那奈は力強くうなずく。

「はい。遺書だって、ないんですよね？　あの子の性格なら、自殺するなら理由もちゃんと書いて残しているはずです。でも、自殺でも、殺されても、原因は同じだと私は思いますけど」

「つまりその原因は、ご両親だと？」

樹神が言うと、それにも那奈はうなずいた。

「美憂は、どっちの親にも愛人がいて、私は邪魔にされてるって言ってました。特にお父さんには嫌われていて、おまえは出来が悪いから自分の子供じゃない、お母さんの浮気でできた子だと言われてたって。悲しかったけど、実際にお母さんの浮気現場を、美憂は見ちゃってるんです。それでお母さんには、男の人と一緒にいたことをお父さんにばらしたら殺すって言われたって。そのくせ、勉強しろ勉強しろってプレッシャーもかけていたんですから、最低の親ですよ！」

興奮ぎみの那奈をなだめるように、樹神が落ち着いた声で言う。

「よくわかりました。ご両親に怯えていたというのは、他のご学友からもうかがっています。それに美憂さんの母親のトレンチコートを着た何者かが、最後に美憂さんと一緒に、防犯カメラに映っていたという事実もあります。これも、関係あるかもしれませんね」

「美憂の母親のコートなら、着てたのは持ち主に決まってるじゃないですか！」

「しかし美憂さんの母親には、アリバイがあるんです」

「ふーん。じゃあ、母親の友達でしょ。母親から借りれる状況だったたってことなんですから。頼まれて手伝ったんじゃないですか？　それか、父親の愛人かもしれませんね。警察はなにやってるんですか、早く美憂の親を逮捕してくださいよ！」

ますますヒートアップしていく那奈を、まあまあと時和はなだめた。

「親子で喧嘩《けんか》していたとしても、中学生まで育てた我が子をわざわざ殺すというのは、相当の理由がないと考えにくい。他になにか、思い当たることはないかな」

那奈は時和を、キッと睨《にら》む。

「……いろんな親がいるんです。刑事さんはたまたま、いい親のもとに生まれたんじゃないですか。でも、そう。決定的なのは、あれじゃないかな。美憂のおばあちゃんが、少し前に亡くなって本土までお葬式に行ったそうなんです。そこでも、ひどいことがあったって聞きました」

那奈の口調には、怒りがこもっている。

「亡くなったおばあちゃんは一人暮らしで、子供のころは、美憂を可愛がってくれてたみたいです。だから、これ以上親が揉《も》めて我慢できなくなったら、おばあちゃんのとこで暮らしたい、って言ってたこともあったのに。それなのに」

思い出すうちに、美憂への同情で、胸がいっぱいになったのかもしれない。

唇を噛《か》み、言葉に詰まった那奈だったが、深呼吸をするようにひとつ息を吸い、涙まじりの声でなおも続けた。

「遺品を整理していたとき、これまで一度も見たことのなかった自分の写真が、おばあちゃんの簞笥《たんす》の引き出しに入ってたのを、美憂が見つけたそうです。それは、おばあちゃんの家で、美憂が眠ってるとこを撮影した、赤ちゃんのころのものだったそうなんですけど。……布団で眠ってる美憂のおでこに大きく、赤い文字で、『犬』って書かれてたって」

ついにこらえきれなくなったのか、那奈はぐいと手の甲で、目元を拭った。

『『犬』ってなんですか、ひどくないですか！　美憂、泣いてました。おばあちゃんだけ

って言われたみたい。母親がお風呂とか台所にいるとき美憂を預けて、その間に書かれては、私を愛してくれるって思ってたのにって。お母さんに聞いたら、そんなもの知らない

撮影されたんじゃないかって。もともと、お姑《しゅうとめ》さんとも仲が悪かったみたいだから、母親が知らなくても無理ないのかもしれないけど」

「ええと、つまり、そのおばあちゃんというのは、父方の祖母？」

「そうです。おばあちゃんだけは好きだったのに、本当は嫌われてた。私はなんで生まれてきたんだろうって、美憂は完全に絶望してました。うちの両親も別居していて、離婚協議中なんです。だから、気持ちはすごくわかるんです！　美憂の親も、私の親も、子供のことなんて、なにも考えてない！　だったら産まなきゃよかったのに！」

言い募るうちに、さらに那奈は気持ちが高ぶってきたらしく、座卓の上に置かれた両の拳は、きつく握られている。

「それじゃ、きみも自殺を考えたことがあるのかな」

遠慮がちに、時和が静かな声で尋ねると、那奈はそれにも大きくうなずく。

「ありました。美憂とすごく気持ちが一つになってたから、クリスマスに一緒に死のう、って約束したこともあったんです。……だけど」

那奈は、すっと時和から視線を外した。そしてこれまでの勢い込んだ口調ではなく、少

しきまり悪そうに言う。

「夏休みが終わってすぐにコクられて、私には彼氏ができました。一年先輩なんだけど、向こうは前から私を知ってたらしくて。それで、私の親が揉めてるのとか話したら、守るって言ってくれて……嬉《うれ》しかった。だから親のことは今も許せないけど、私は美憂と一緒に、死ねなくなっちゃったんです」

「そうだったんですね。那奈さんまで命を落とさなかったことは、不幸中の幸いだと思います。美憂さんは本当に、可哀想《かわいそう》でしたが」

樹神が言うと那奈は顔を上げ、再び表情を引き締める。

「確かに、可哀想でしたけど。今は違うと思います」

「今は違う？　どういう意味かな」

思いがけない言葉に、時和も樹神も、眉をひそめた。

「だって、勝手なくせに自分を縛る親から、美憂はやっと解放されたんです。今はなにも苦しくないし、悲しくもないはずです。あとは、両親が罰を受けて苦しめば、美憂はもっと喜ぶと思う……！」

熱を込めて話す那奈に、樹神が淡々と言った。

「それはわかりません。死んだ後は、ただ無になるだけかもしれませんよ」

ムキになったようにドンと座卓を叩《たた》いて、那奈は声を荒らげる。

「死後の世界があるはずです。刑事さんたちは知らないかもしれないですけど、輪廻転《りんねてん》生《しょう》っていうのもあるんです。だからもう、美憂は生まれ変わって、新しい両親のところで、幸せな赤ちゃんになってるかもしれない。ううん、絶対にそのはずです！　だって、あんなに苦しいことばっかりだったんだから、転生したら、幸せになれてないとおかしいよ！」

「違います、絶対に！」

那奈の目には、うっすら涙が溜《た》まっている。

失礼しました、と優しい声で樹神は謝罪した。

「輪廻転生。那奈さんは、難しいことを知っているのですね。実は私は、刑事ではありません。東帝大学の、文化人類学部で准教授をしているんです」

ぐす、と那奈は鼻をすすってから、息を整えた。

「……そうだったんですか。……東帝大は、知ってます。中央町にあるんですよね」

「ええ。だから私も、断言できないというだけで、死後の世界が絶対にないとは思いませんよ。むしろとても興味があるので、那奈さんがそのように考える方なのでしたら、ぜひ協力していただきたいのです。こういうおまじないについて、なにかご存じではないですか」

　言いながら、樹神はスマホを出した。

（あの、なんとかタウンってゲームの、呪いの紙を見せるのか？）

　横で見ていた時和はそう思ったが、樹神がモニターに表示させたのは、ユーカリの葉の画像だった。

「これって、ユーカリですよね」

　スマホを受け取った那奈は、即座に答える。

「よくわかりましたね。あるゲームでは、復活のアイテムにもなるらしいとか。若い方々の間で、どのように認知されているのか、知りたいのです」

　那奈は画面を見つめながら、素直に答えた。

「ゲームの中ってだけじゃなくて、ユーカリの実際の花言葉も『復活』なんですよ。葉っぱから出てるオーラが、人間のものに近いっていう研究もあるってどこかで見ました。そういう意味でも、ブルータウンってゲームはリアルだとか言われてて、人気あるんじゃないのかな」

　ほう、と樹神は口元だけで笑んだ。

「そのオーラの研究というのは、どういったものからの情報ですか。なにかの書物だとか、言い伝えだとか」

「じゃなくて、ネットの書き込みです。霊能者の動画があって、そこのコメントだったかな。他にもいろいろ噂《うわさ》はありますけど、これだけは本当っぽいと私は思いました」

「そうでしたか。それは貴重な情報を、ありがとうございます。実はですね」

樹神は秘密を打ち明けるように小さな声で、那奈に囁《ささや》く。

「美憂さんのご遺体の周りに、ユーカリの葉っぱが撒《ま》かれていたそうなんです。それで、なにか関係があるのかなと思ったので」

そうですか、と那奈は無表情な顔で言う。

「理由は知らないですけど。もしかすると自然発生した、神秘的な現象なのかも。だとしたら、やっぱり美憂の魂はもう復活して、転生してる証拠じゃないのかな」

「なるほど。大変、興味深いお話でした」

樹神はスマホを返してもらうと、時和のほうに視線を向けた。

その目が、もう充分です、と語っているように感じ、時和はうなずく。

「それではこれで、我々は失礼します。ご協力、ありがとうございました」

車に戻ってドアを閉めると、ドッと疲れが出たように、時和は感じた。

「中学生相手に気を遣ったせいかな。なんだか、すごく疲れた」

「実は私もです。こういうことは、あまりないのですが」

樹神は苦笑して、小さく溜め息をつく。さすがにこの、人を食ったようなところがある男でも、相手が十四歳ではこの事件への興味より、少女の今後が心配になるのかもしれなかった。

ふと窓の外を見ると、わざわざ車が停《と》めてある場所までやってきて、那奈の祖父がこちらに向かって深々と頭を下げている。

時和も軽く頭を下げ、急いで車を発進させた。

「あんなふうに見送られていたら、話もできない。適当な場所に移動しよう」

「同感です。来る途中に、閉店したファミレスがありました。あそこの駐車場がいいですね」

十分ほど車を走らせた時和は、ガランとした広い駐車場に車を停めた。

そこでシートベルトを外し、助手席の樹神に身体《からだ》ごと視線を向ける。

「それで、先生。どう思った。推理でいいから、早く聞かせてくれ」

そうですね、と樹神は珍しく、憂鬱そうな表情で言う。

「私には今回の事件に関する、一連の流れがわかったように思います。ただあまりにもなんというか、この事件は気持ちが塞ぎます」

「どういうことだ？　三田村美憂は、自殺じゃないのか？」

眉間の皺《しわ》を深くした時和に、自殺です、と樹神ははっきり答える。

「……おそらく、先月。祖母の遺品から見つけた写真がきっかけになって、美憂さんは自殺を決めたのでしょう。那奈さんにも以前約束していたように、一緒に死んでほしいと頼んだが、断られた。そして、それならば母親に変装してくれるよう、那奈さんに頼んだ。那奈さんとしては、約束を破った手前、罪悪感を覚えて断れなかったのかもしれません。その後、SNSなど、文章には残らないようにして、通話でご両親と美憂さんの死に、関連があるよう見せかける計画を立てた。ご夫婦のベッドの下に、呪いの文言のような紙を置いたのは、美憂さん本人でしょうね。那奈さんは、美憂さんの母親のふりをして、死の直前まで一緒にいた。そして、美憂さんが飛び降りた後、その遺体の上にユーカリの葉を撒いた。復活、あるいは転生できる儀式と信じて」

「友人の自殺を手伝うのもどうかしてるし、手伝わせるほうもどうかしている……」

時和は、半ば呆然《ぼうぜん》としてつぶやいた。

「そうですね。でも、もしかしたら美憂さんは、いずれすべてバレることも想定した上で、あえて那奈さんを巻き込んだのかもしれませんよ」

樹神の言葉は、時和には意外だった。

「なんだと？　両親だけじゃなくて、親友まで恨んでたとでも言うのか？」

ありえるのではないですか、と樹神は暗い目をして言った。

「いつも一緒にいて共感してくれていた親友が彼氏をつくり、自分との約束を破ったのですから。辛《つら》い境遇にいる自分を置いて、親友だけが彼氏と幸せになる。美憂さんは、裏切られたように感じたかもしれませんし、なにより寂しかったでしょう」

「……そういうことか」

理解すると同時に、時和はますます気が滅入《めい》るのを感じた。

さて、と樹神は確認をとるように、時和を見つめる。

「ここまで私は推測で語っています。しかしその推測が当たっているかどうか、事実を確かめる方法があります」

樹神はポケットから、そっとスマホを取り出した。

「私のスマホは、いつも佐鳥くんがぴかぴかに拭いてくれています。そして私は先ほど、手袋をして佐鳥くんからこれを受け取り、那奈さんに手渡して画像を見せた。つまりこのスマホから、山岡那奈さんの指紋が採取できます。見せていただいた映像で、女はトレンチコートの前を閉めていました。インナーの私服を、隠す必要もあったのでしょう。コートの大きなボタン。撒かれたユーカリの葉の表面。美憂さんの死後にコートを入れたと思われる、庭の物置の扉。そのいずれかに合致する指紋がこのスマホに付いていれば、母親に偽装していたのが彼女だったという証拠になるのでは」

「そうか、なるほど……そういうことなら申し訳ないが、スマホをしばらく預からせてくれ。鑑識に渡す」

「どうぞ。パソコンもありますし、家と大学の電話だけでも、用は足りますから」

「ありがたい、感謝する」

樹神の推理に、時和は反論する余地が見当たらなかった。

「それにしても。思春期、反抗期だとしても、悲しすぎる動機だな」

溜め息とともにつぶやくと、樹神は睫毛《まつげ》の長い瞼《まぶた》を伏せる。

「両親に対する怒り。どちらの不倫も暴露してやるという、復讐心《ふくしゅうしん》。できうれば、親が自分を殺したと思わせたかったのかもしれない。それほどの憎しみと、愛してもらえなかったことへの悲しみが動機でしょうね。そして一縷《いちる》の望みをかけたのが、死後の世界で幸福になる。あるいは、転生して別の親の元で人生をやり直すという空想です。ユーカリの葉を撒いたのは、親友と相談した結果ではないでしょうか。残念ながらその行為に、意味はない、と私は思いますが。しかし私が、絶望的なまでに気の毒に思うのは……自殺を決意するきっかけになったと思われる祖母が秘蔵していた、写真のことです」

ああ、と時和は思い至った。

「額に『犬』と書かれた、赤ん坊のときの写真か。あれは俺も、ひどいと思った」

「違うんです。そうではなくて」

樹神は一度、車の天井を仰ぎ見てから、視線を時和に向けた。

「部屋にあった、首の千切れた犬のぬいぐるみというのは、美憂さんが唯一残した、なぜ自分が死んだのかについての、メッセージなのではないかと思います。けれど……犬の子。インノコと言うのですが。かつて、赤ん坊がすくすくと育つことが、今よりずっと難しい時代がありました。当時、日本の各地で、赤ん坊をインノコインノコと言ってあやしたり、額に『犬』と書く風習があったんです」

うん？　と時和は首を傾《かし》げる。

「俺はそんな話、親から聞いたことないぞ」

「近代にかけて、ほぼ消えてしまった迷信なのでしょうね。今も本来の意味を知っているのは、ごく限られた地域のお年寄りだけかもしれません。あなたのように、ひどい仕打ちだと誤解されるようなこともあって、おばあさんもこっそり写真を撮って、すぐに犬の文字を消したのではないかと思います」

「誤解される？　ちょっと待て。ということは、ひどい意味じゃないっていうのか」

もちろんです、と樹神は答える。

「まったく悪い意味ではありません。昔から犬は人の傍《そば》で、駆け回っていた元気な生き物でしたから、その丈夫さにあやかるという意味です。ですから美憂さんのおばあさんは、おそらくその風習をご存じで、善意で赤ん坊の額に『犬』と書いたのでしょう。元気にすくすくと育つよう願って。美憂さんを、可愛《かわい》がっておられたようですからね。この『犬』とはどういう意味なのか、祖母はなにを考えていたのか。わからないから教えてと言えば、親戚に連絡を取って教えてもらえるような……そんな普通の会話ができる家族であったなら。決して美憂さんの死にたいという気持ちの後押しなどには、ならなかったに違いありません」

思いがけない事実に複雑な感情が、時和の胸に込み上げてくる。

「でも、それじゃあ、もしその事実を知ったら、山岡那奈はさらに苦しむことになる。勘違いした親友の自殺を手伝わされて……しかもそれは、彼氏ができたことを逆恨みされた結果の、復讐だったなんて」

そうですね、と樹神は眼鏡を外してレンズを拭き、かけ直した。

「ただでさえ無残な遺体を目にした那奈さんは、相当なショックを受けたと思います。簡単に自殺などと言うけれども、それは決して美しいものでも、夢のあるものでもないのですから。だからことさら、転生や復活というものに強くこだわった。あれで友人のすべてが終わったとは、考えたくなかったのでしょう。彼女にはカウンセリングを受けさせるなど、処罰以外のケアを考えたほうがいいですよ」

そこまで話し終えると、樹神は口をつぐんだ。

どうやらこれが、三田村美憂の自殺にまつわる推理のすべてらしい。

時和はしばらく言葉を失い、殺風景な駐車場と、崩れかけたブロック塀をじっと見ていた。

やがてその唇から、抑えきれない悲痛な声が漏れる。

「――だから、嫌なんだ……！」

時和はハンドルに突っ伏すようにしてうなだれ、声を絞り出した。

「先生。あんたは俺に、何度もしつこく聞いてきた。俺になにか、普通の人間には見えないものが見えているんじゃないのかと。でも、見えたものが錯覚や幻覚じゃないと、なぜ言い切れる。そこに存在しないはずのものが、死んだはずの人間が、動いてなにかを訴えてくる。そんなものを迂闊《うかつ》に、これが真実だと受け入れられるか！」

時和は顔を上げ、助手席の樹神に憤りをぶつける。

「死後の世界に行く。幽霊になる。死んだら別の存在に生まれ変われるなんて、俺は誰にも信じて欲しくない！　まして中高生が、そんなものを信じて簡単に命を捨てるなんて、冗談じゃない！」

それでも、と樹神は静かに告げる。

「あなたには見えてしまうんでしょう、時和さん。そのおかげで事件のおおまかな顛末《てんまつ》を、知ることができる。だからこそ被害者やご遺族の無念を晴らすことだって、できるのではないですか」

樹神は初めて見せるような、穏やかな優しい表情と声で言った。

「幽霊として現れる姿は、生きていたときの最後の強い思い、願い、怨念、そうしたものの名残。残留思念だと、私は思っています。今世での心残りや記憶がすべて消えた後、霊魂が消失してしまうのか来世があるのか、あるいは天国という場所があるのか、転生するのか。それは生きている限り誰にもわからないでしょう。ただ」

樹神はそっと、時和の肩に手をかけてきた。

「見えてしまうことへのとまどいは、私にもわかります」

え、と時和は目を見開いた。

薄い琥珀《こはく》のような不思議な色の瞳が、時和の目の中を覗《のぞ》き込《こ》むように見つめてくる。

そして樹神は、ゆっくりとうなずいて、低く静かな声で言った。

「あなたが見ていたものは、私にも見えていましたから」


「もう引っ越しするなんて、寂しいですよ、先輩」

三田村美憂の自殺から、半月後。

トレンチコートのボタンから、山岡那奈の指紋が検出された。

また、遺体が握っていた髪の毛はＤＮＡ鑑定の結果、父親のものだったが、それは父親を殺人犯に仕立てるための美憂の偽装と断定された。

山岡那奈は、自殺ほう助の罪に問われたが、まだ十四歳であることや、非行傾向がないことから、おそらく保護観察か不処分で済むのではないかと目されている。

三田村美憂の父親は町議会議員を辞職し、夫婦は離婚が決まったらしい。

逆に山岡那奈の両親は、別居を解消し、夫婦で娘を守り支えることにしたという。

そして時和はというと、警察の寮から転居すべく、自室で荷物を整理している。

聞きつけた江波戸が朝からやってきて、ずっと文句を言っていた。

「職場の近くに住んでたほうが、なにかと便利じゃないですか。美味《おい》しい定食屋さんだって、裏にあるのに」

それくらいのメリットでは、時和の心はぴくりとも動かない。

「この警察寮、なんだか気持ち悪いんだよ。居心地が悪いっていうか、なんかこう、得体の知れないものの気配を感じるっていうか」

衣類を段ボール箱に詰める時和に、江波戸は肩をすくめる。

「それはわかりますけどぉ」

「ああ？　わかるのかよ、お前にも」

「だってここ、江戸時代は墓地だったたって話ですよ。洪水で流されて、しばらく更地になってたそうですけど」

はあぁ？　と時和は口をあんぐり開けた。

「聞いてないぞ、そんな話！」

「知りたかったですか？」

「……いや、全然。まあ、もう出て行くんだからなんでもいいけどな」

「そうですよ、いいじゃないですか。そもそもずるいですよ」

江波戸はむくれた顔をする。

「樹神准教授の家に居候するなんて。いいなあ、料理もしてくれるだろうし、海が見えて景色がいいって聞きましたよ。僕だって住みたいですよ」

そうなのだ。時和の転居先は、なんとあの風変わりな男の屋敷だった。


樹神にも人には見えないものが見えると聞いた、あの日。

にわかには信じられなかった時和に、樹神は三田村美憂の亡霊について語った。

それは、屋上で嘲笑を浮かべつつ飛び降りを繰り返している、という時和が見たものと完全に一致していた。

正直、亡霊が見えてしまうという恐怖と不快さを、誰かと共有できるのは、それだけで時和にとって救いに感じられた。

気に食わなかった樹神に、一気に親近感を持ってしまうくらいには。

『なあ。それじゃ、あんたも風呂で頭を洗うとき、苦労してるんじゃないか？』

思わずそう尋ねた時和に、樹神はきょとんとした顔になってから、くすっと笑う。

『特には。そうですねえ。いわくつきの温泉宿なんかだと、ちょっと身構えることもありましたが。私の家のお風呂場は、まったく問題ありません。うちの屋敷には結界が張ってありますから』

結界？　と時和は鼻に皺《しわ》を寄せた。

『なんだよ、それ』

『簡単に言うと、あなたの見たくないもの、穢《けが》れや魔物が入ってこられない、清浄な区画を術で作っているんです。まあ、家ごと蚊帳に入っていると思ってもらえれば』

『大学准教授の家に、どうしてそんなものが張ってあるんだ？』

『いずれゆっくりお話ししますが、准教授というのは私という人間の、一面でしかありません。前に言ったでしょう』

樹神は薄い唇の端をわずかに上げて、車の窓の外に目をやった。

『この島にはかつて、修験者や陰陽師《おんみょうじ》も流されて、その子孫も大勢いると。私もそんな先祖を持つ、末裔《まつえい》のひとりだと思ってください。……そうだ、時和さん』

ついと樹神は、視線を時和に向けた。

『うちの部屋をお貸ししましょうか。なにしろ部屋数が多いですし、私ひとりでは、もてあましているんです』

なに、と時和は思いがけない申し出に驚いた。

『あんたの家に、居候させてくれるっていうのか？』

『ええ。もしよろしければ。もちろん断ってくれても結構です』

樹神の提案は、時和にとって魅力的だった。

扉の隙間、鏡に映るもの、奇妙な音、暗闇。それらを気にせずに暮らせる空間。

そんな場所がこの世に実在するのだとしたら、それはどんな高級ホテルのスイートルームよりも、時和の心に安らぎをもたらしてくれるに違いない。

『もし、その。仮に……仮にだぞ。住まわせてもらったとして、署までの通勤時間はどれくらいかかるかな』

『バスもありますけど、スクーターなら三十分もかからないでしょう』

充分に通える距離だ。しかし時和は、すぐに返事はできなかった。

警察官などという仕事をしていると、どうしても猜疑心《さいぎしん》が強くなる。

『なんでだ。どうしてそんなによくしてくれる。俺はあんたに、あまりいい態度をとってこなかった自覚がある。なにか裏があるんじゃないのか』

すると樹神は、ふふ、と悪戯《いたずら》っぽい目をして笑った。

『さすが刑事さん、勘がいい。家は放っておくと傷みますからね。お貸しする部屋だけでも掃除してもらえると、ありがたいんですよ。できれば庭や玄関、お風呂場など、共同利用する場所も交代で』

それくらいならば、居候をさせてもらう以上当然だ。

むしろ厚意だけで貸してもらうより、条件があったほうが気が楽なくらいだ。

今でも少し、時和は樹神のことが苦手だった。なにを考えているのかわからないところがあるし、これまでの人生で、接したことのないタイプでもあった。

(でも、この先生の家でなら、安心してのんびり風呂に入れるわけだ。シャンプーして、目を閉じてる間も、なにも気にしなくていい……!)

それは長年、積もりに積もった大きなストレスから解放される、ということだ。

時和はちらりと樹神を見て、こう言った。

『――で、家賃はいくらだ?』

樹神は笑って、こう答えた。

『では、ゼロ班にちなんで、ゼロ円で。その代わり、興味深い事件があったときには、お手伝いをさせてください』

断る理由は、時和にはなにもなかった。

四章・赤い札の村

天気によって、海原《うなばら》は色を変える。

この日の海は曇天のせいで、鈍く光る鉛色に見えた。

「まあ、だいたいこの程度でいいか」

警察の寮から樹神《こだま》の家へと越してきた、その一週間後。

約束どおり、交代で樹神の家の庭掃除をしていた時和《ときわ》は、大きな竹ぼうきを動かす手を止めた。

そして松や楓《かえで》の間から見える、水平線に視線を向ける。

樹神の家は、手伝いを頼むのも無理はないと思うくらい、やたらと大きい。門から玄関まで綺麗《きれい》に敷かれた石畳は細く曲がりくねり、訪問客の目を楽しませるかのように、そこかしこに灯籠や、石造りの手水《ちょうず》が配置されていた。

玄関の横にある、竹で編まれた塀の間の小さな扉を開けると、その先が庭になっていて、高台のため海がよく見えた。

母屋の長い縁側がその庭に面しているので、縁側に座って海を眺めることもできる。

(なんかあれだな。昔の文豪の、別荘って感じだ)

それが時和の、樹神の家に持った第一印象だ。

部屋数は、主《あるじ》が言っていたとおり確かに多く、広い仏間、客間、居間がそれぞれ一部屋、他に座敷が四部屋と、さらに離れには書斎があるという。

二階もあるが、ほとんど使われておらず、物置になっているらしい。

それでも外から見ると、現在では規格外の小さな格子窓には趣があり、古民家カフェにでもしたら人気が出るのではないかと、余計なことを考えた。

今日の時和は非番だが、樹神は大学に行っている。

だだっ広く古い屋敷にひとりでいても、確かにここにはなんの気配も感じなかった。

(不思議だな。雨戸を閉めた、暗くて長い廊下を夜中に歩いても、まるで気味が悪くない。この屋敷のどこにいても落ち着く)

快適な居住空間を手に入れた時和はここのところ上機嫌で、今も鼻歌を歌いながら竹ぼうきを指定の場所に片づけると、縁側から屋内へと入った。貸してもらった部屋は、縁側に面した十二畳の座敷だった。

障子に襖《ふすま》、竜の彫られた鴨居《かもい》に床の間まであるという、昔ながらの和室だが、これはこれで落ち着いた。

「前のマンションにも寮にも和室はなかったけど、畳ってのはいいもんだな。いつでも寝転がれる」

座敷の真ん中で、時和はごろりと横になる。青々とした畳は新しく替えたばかりのようで、ぷんとイグサの爽やかな香りが、鼻をかすめた。


午後になると、時和は食料品の買い出しに出かけた。

中央町の商店街まで行かなくとも、スクーターで十分ほどの場所に、青果の直売所と小さな商店が何軒かある。

「あいつ、料理は確かに好きなんだろうけど、まともな飯は作らないんだよな……」

江波戸《えばと》は樹神が食事の支度をしてくれる、と勘違いしているようだが、実は違う。

確かに樹神は料理を作るが、それは気まぐれに作りたくなったものを、大量に作るだけのことだ。感覚としては、実験に近いものらしい。

このところはずっと燻製《くんせい》作りにはまっているらしく、昨晩は大皿に鶏肉《とりにく》やハム、魚の燻《いぶ》したものを、ドンと部屋に持ってこられた。

『おつまみにちょうどいいでしょう？　タンパク質も取れますし。これとワインで私の夕飯は充分です。朝ですか？　私はいつも、ナッツと珈琲《コーヒー》だけです』

そもそも時和はそこまで樹神の世話になりたいとは、まったく考えていなかった。

一人暮らしが長いため、食べたいときに食べたいものを、食べたいように食べるのが気楽でいい。

互いにマイペースで勤務時間も違い、屋敷も広い。

食事も就寝時間も別々だ。それくらいの距離感が、ちょうどよかった。

意外だったのは、樹神は帰宅すると和装になることだ。品のいい、淡い浅葱色《あさぎいろ》の紬《つむぎ》の着物に角帯を締めたその様は、華道か茶道の師匠のような風格がある。

本人が言っていたように、大学の准教授という肩書きが樹神彗《けい》の一面にしかすぎないというのは、その佇《たたず》まいからも感じとれた。

（それにしても、買い出しできるところが近いのはありがたいな。知らない地元の野菜が多くて面白い。新鮮そうだし、安いしな）

直売所には近隣の住民たちも多く買い物に訪れていて、なかなかに活気がある。

時和は機嫌よく、野菜と果物、卵、それに精肉店で豚肉を購入した。

食料の調達を済ませて帰るべく、駐車場に停《と》めたスクーターに向かって歩いていると、道端の草むらに座り込んでいる、腰の曲がった老女に気がつく。

（ん？　このおばあさん、さっき俺がスクーターを停めたときにもいたよな。ずっと同じ格好でここにいるのか？）

「……大丈夫ですか。どこか具合が悪いのでは」

声をかけると、老女はハッと顔を上げ、妙に澄んだつぶらな瞳で、じっと時和を見つめる。

「あれ。どちら様かと思えば、わかった。あんたは天少《てんしょう》さんのお使いでしょう。滅多におらんほど、男前だもの。よかったわ、教えてくれろ。わしの家は、どっちかね」

これは、と時和は一計を案じた。

「おばあさん、名前と住所がわかるものを、なにか持ってませんか。健康保険証とか」

「名前と住所。はて、それはどうだかね。なにかあるかね」

言いながら財布を渡してよこしたが、がま口には小銭しか入っていない。

「ちょっとだけ、待っててください。すぐ戻りますから」

時和は急いで直売所に戻り、近くの住民ではないかと尋ねて回ったが、誰も知らないという。そこで署の地域課に連絡し、パトカーを寄こしてもらった。

「どうも迷子らしい。認知症かもしれないから、病院に連絡すれば、身元がわかるかもしれない」

電話で話している間、老人はなぜか時和を気に入った様子で、おとなしく傍《そば》にしゃがんでいた。

「親切だねえ、天少さんのお使いは。うん、やっぱり、いい男だ。ほれぼれするよ」

「そうですか。ありがとうございます」

自分の腰ほどの背丈しかない老女に誉《ほ》められて、どう対応すればいいのかとまどいつつ、時和はパトカーの到着をひたすら待っていた。

奇妙な密室殺人事件があった、と刑事課からゼロ班に招集がかかったのは、その翌日だった。

『被害者は、飲食店アルバイトの瀬見《せみ》ケンイチ、四十九歳。首に索状痕《さくじょうこん》あり。被害者の足元にタオルが落ちており、これで首を絞められたものと思われます。窓も玄関もしっかり施錠されて、密室状態でした。しかし両隣の住人が昨晩深夜に、助けてくれ、殺される！　という被害者の声をはっきり聞いているし、誰かと争っているような、ドスンドスンという物音もしていたそうなんですよ』

現場に到着した時和と江波戸は、刑事課の巡査部長から、そう知らされた。

中央町の繁華街の外れにある、アパートの一室なのだが、かなり古くて壁が薄い。喧嘩《けんか》などがあると、人の声が筒抜けになるということだった。

江波戸はメモを眺め、読み上げる。

「とはいえ、右隣のご老人とは仲が悪くて、左隣は風邪で寝込んでいた女子大生。通報したり、様子を見に行ったりはしなかった、と」

「まあ、年寄りと体調の悪い女子大生なら、深夜に騒動のある部屋なんかに近寄らないのは仕方ない。通報はして欲しかったけどな」

言いながら、時和はアパートの壁に寄りかかった。

「被害者、前から酒浸りだったみたいですしね。関わりたくない気持ちはわかります。……っていうか、先輩？」

「なんでもない。風邪かもしれない」

時和は言いながら、額を右手でおさえる。

なぜだかこの部屋に入った瞬間から、時和はひどい眩暈《めまい》と頭痛を覚えていた。

じっくり室内を見分しなくては、と思うのだが、頭がろくに回ってくれない。

すでに部屋から遺体は運び出されている。亡霊が出るような気配は、今のところなにもない。

それでもこの場所は、毒霧が渦巻いてでもいるかのような、禍々《まがまが》しい殺気に満ちていた。

「風邪ですか。早く医者に行ったほうがいいですよ。……でもその前に、ここだけはしっかり見分しておかないと。僕らが即座に呼ばれた理由って、多分コレですから」

「ああ。わかってる」

江波戸が指差したもの。それはアルバイトの独身男性が暮らす部屋には、およそ不似合いなものだった。

壁にはかなり大きな神棚がある。扉がついていないタイプのもので、三体の札が横に並べられていた。

ここまでなら不自然というほどのことはないのだが、その下になぜか木製の台が設置されていて、畳が二枚載せられている。

それも普通の畳ではなく、赤い縁《へり》のついた、厚みの違う畳が二枚重ねて置かれているのだ。

鑑識課員と一緒に見分したところ、重ねられている畳の間に、紙で作った人の形が挟まっており、それが畳ごと長い針で貫かれている。

周囲には女性の写真が散らばっていて、何枚かには同様に針が刺してあった。

他にも壁のあちこちに、同じ女性と思《おぼ》しき写真が、ピンでとめつけられている。

「この角度からして、隠し撮りですかねえ。なかなか可愛《かわい》らしい人ですけど。片思いかな……でもこの女性、十代に見えるなあ。被害者の瀬見さんて、四十九歳でしたよね。実は娘さんだったりして」

江波戸はじっくりと、女性の写真を一枚ずつ眺めている。

だが時和は、まだ頭がしっかりしていなかった。いや、むしろますます眩暈がひどくなっている。

そして時和には、わかっていた。この感覚は、身体的なものからくる不調ではない。

(いつもみたいに、気味が悪いとか、ぞくぞくする感覚とは違う。大きな手に、頭の中を引っかき回されているように痛い。……喉も絞めつけられているみたいだ)

時和は痛みに耐え、忙《せわ》しなく呼吸をしながら、心配そうに顔を覗《のぞ》き込《こ》んでくる江波戸に言った。

「江波戸。悪いが……先生を、呼んでくれないか。どちらにしろ、この畳やら針の様子だと、あの人の見解が必要になる」

「えっ、今ですか？　はいっ、すぐに！」

細かく理由を追及せずに、迅速に行動に移してくれるのが江波戸のいいところだ。

なかった。

江波戸が電話をすると、佐鳥《さとり》が出て、今は講義中だと言われたらしい。

そこで仕方なく、時和は原因不明の具合の悪さに耐えながら、部屋の見分を続けるしかなかった。

「お待たせしました！　急だったので、お土産を忘れてしまいましたよ」

一時間半ばかりして、いつものわくわくした様子で事件現場にやってきたのは、もちろん樹神だった。

樹神は一歩室内に入って時和を見るなり、そちらに駆け寄る。

「おや。これは大変でしたね」

そしてぐるりと室内を見回して、なにか勝手に納得したように、うんうんとうなずいた。

「なるほど、なるほど。理由はわかりました。これは注目に値します」

そしてどういうわけか、畳んでいた日傘を開くと、すっと時和に差し出した。

「とりあえず、お貸ししますので使ってください」

吐き気をもよおすほど眩暈がひどくなっていた時和は、嚙《か》みつきそうな険しい表情で樹神を睨《にら》む。

「今、こっちは、冗談につき合ってる余裕は……」

ない、と言いかけて時和は顔を上げる。そして屋内で傘を差すという、間の抜けた格好で、まじまじと樹神の整った白皙《はくせき》の顔を見た。

「——消えた。眩暈も、頭痛も」

「それはよかった」

にっこりする樹神と呆然《ぼうぜん》としている時和を、江波戸が不思議そうに眺める。

「なんで先輩の体調が、急によくなっちゃったんですか。それに、部屋の中で傘を差すのに、なにか意味があるんですか？」

「もちろんです。江波戸くんは、こういう部分ではいい意味で鈍いですけれど。敏感な方には、辛《つら》いでしょうから」

こういう部分？　と時和と江波戸は、首を傾《かし》げる。

「家の中で傘を差してはいけないという、俗信もありますけれどね。今は簡易に清浄な空間を作ることを優先しました。ここには殺意と憎悪が、渦を巻いていますから。人の情念に敏感な人は、それを感じ取ってしまっていると思いますよ」

「殺意と、憎悪ですか？　へえ。僕そういうのは、全然まったく感じません」

江波戸が呑気《のんき》に言い、樹神は苦笑した。

「残念ながら時和さんはそうではないようですから、傘をお貸ししました。傘の下というのは、それだけで別の小宇宙であり聖域なんですよ。小さな結界と思ってください。芸能や神事などで、傘が多く利用されてきたのもそのためです。特に私の傘には、邪気祓《じゃきばら》いのまじないもかけてありますからね」

でも念のため、と樹神は部屋の中央に立ち、呆気《あっけ》に取られている鑑識課員たちをまるで気にせず、低い声でなにごとかを唱え始める。

「神火清明《じんかせいめい》、神水清明《しんすいせいめい》……」

同じ文言を三度唱え、次いで周囲の三方向にフッ、と息を吹きかけた。

すると時和は自分の足下から、どろどろとした毒液がすーっと抜けていくように感じ、気がつけばすっかり不快感は消え去っている。

鑑識課員の中にも敏感な者がいたようで、不思議そうに腕を回し、突然肩が軽くなった、などと言っている。

「言霊で場を清める、『息吹法』です。つまり」

樹神が言い終える前に、頭がはっきりしてきた時和が言う。

「この場を清める必要があったってことか？　被害者が呪われていた、とか」

「ええっ。呪いによる殺人ですか？　だけど、先輩」

江波戸が複雑な表情をして、顔をこちらに向ける。

「被害者が呪われて亡くなったとしたら、呪った犯人って逮捕できるんでしょうか」

そうだな、と時和は傘を差したまま考えた。

「こういう針やら写真やら、気味の悪い呪いの道具が送られてきて、そのせいで被害者がストレスを感じて死に至ったなら、傷害致死、ってことになるはずだ」

「しかし今回の件は多分、そうではありません」

樹神が赤い縁の畳や神棚を、じっくりと見て回りながら言った。

「まず、ひとつひとつ検証していきましょう。この赤い畳縁《たたみべり》の畳は特注品で、わざわざ作ってもらったものだと思います。大きさも規格品とは違いますからね。島に畳屋さんは一軒きりですから、そこに電話をして、被害者が作製を頼んだか聞いてみてください」

はいっ、と江波戸が即座に電話を入れ、確認をとる。

「私が見たところ、これは呪術を知らない刑事さんたちには、難しい事件だと思います。私が介入させていただいて、よろしいですか」

「ああ、もちろん。こっちから頼みたいくらいだ」

時和が了承すると、樹神はふと、時和の頭の上を見た。

「もう傘は畳んで大丈夫ですよ。私の祝詞で、室内は祓い清めましたから」

「……いや。念のため、もう少し貸しててくれ」

もう二度と、あんなひどい眩暈は御免だ。そう思って時和が言うと、樹神は困ったように、それでもなんだか楽しそうにくすりと笑った。

「では気が済むまで、差していてください。……次にこちらの針ですが。これは、市販品だと思います」

「こんなもの、普通に売ってるのか。でかいな。十五センチはあるんじゃないのか」

それは、見たことのないほど大きな針だった。だが樹神に、特に驚いた様子はない。

「畳用の針でしょう。オンライン通販でも買えると思います」

「通販か、なるほど。畳を貫通して、この人の形の紙ごと刺すには、この長さが必要だな。……なあ、先生、これはどういう儀式なんだ。この写真の女は、なにか関係あるのか」

あります、とあっさり樹神はうなずいた。

「もちろん、女性が誰なのかまでは、私は知りませんが」

「わかってる。そっちは俺たちが、聞き込みをして調べる」

「では、それがわかってからもう一度、私に声をかけてください」

ただし、と樹神は琥珀《こはくいろ》色の目で、時和をじっと見る。

「現時点で、これは殺人事件として立件できないのではないか、と私は考えています。それでも真実を知りたいですか？」

意外な言葉に、時和は一瞬、なんと答えていいかわからなかった。

「それは……困るが、真実を明らかにするのが刑事の本分だ。結果がどうだろうと、知りたいに決まってる」

「だいたい、変な事件が多いといっても、都心に比べたら島は平和ですからね」

江波戸が明るい声で言う。

「ゆっくり調べる時間はあると思いますよ」

そうして時和と江波戸は被害者の身辺を洗い、写真の女性を突き止めるべく、夕方の町へと聞き込みに出たのだった。

調べた結果、被害者の瀬見ケンイチには、肉親がいなかった。

働いていたのは島の繁華街にある食堂で、二店舗を掛け持ちしており、一軒は毎日昼から夕方まで、もう一軒は週に三回、夜から深夜にかけて皿洗いをしていた。

また、部屋にあった赤い縁の畳は、樹神が言ったように島内の畳店で、瀬見自身によって特注オーダーされたものであることが確認された。しかし使用目的は、畳店でもわからない、という答えだった。

瀬見と一緒に働いていた何人かに話を聞くと、おとなしく真面目な性格だと言い、プライベントについては、ほとんど知らないという。

けれどなんとか時間をとってもらい、最後に話を聞くことができた食堂の店長は、かなり詳しく瀬見について語ってくれた。

「いやもう、驚きましたよ。無断欠勤なんて珍しいと思ってたら、死んだなんて。原因はなんだったんですかねえ。刑事さんが来るってことは、病気や事故じゃなくて、事件ってことですよね」

三十代後半だというこの店長は、無理もないが警察の聴取というものに、少しばかり興奮しているようだった。

「まさか、殺されたんですか？　都合が悪いようなら、誰にも言わないんで、教えてくださいよ」

店の裏口がある細い路地は、近隣の店の換気扇があるために、油や出汁《だし》の雑多な匂いが入り混じっている。

心なしか地面も油でべたついているようで、靴の裏が張りつくような感じがした。

「すみません。まだ捜査中なので、詳しいことはお話しできないんです。むしろ、こちらがいろいろと教えていただきたいのですが」

低姿勢で江波戸が言うと、なんでも聞いてください、と店長は協力的だった。黒々とした眉毛がきりりとして、いかにも精力的に店を仕切っている、という感じがする。

「瀬見さんはね。つき合いは長いけれど、なんだか暗くて、親しくはなかったです。でも、仕事はちゃんとしてました。遅刻もないし、問題を起こしたこともなかったです。派手に遊ぶこともないようでした。給料が出ると飲みに行くことくらいが、楽しみだったんじゃないのかな」

「飲みに行くというのは、居酒屋ですか。それとも、スナックや、風俗？」

時和が尋ねると、店長は首を横に振る。

「女遊びは、しない人だったと思いますよ。別のバイトがソープに誘って、断られてたし。といって、彼女の話なんか一回も聞いたことないですしね。趣味もなかったんじゃないかな……たまに外で飲むようでしたけど、楽しみはそれくらいって感じで。村でも浮いてて、町でもひとりで、寂しいまま突然死んじゃうなんて、気の毒ですね」

「村でも浮いていた、とは。瀬見さんの、ご実家ですか」

「ああ、はい。住民票ですぐわかると思いますけど、島の西側の出身ですよ。ご両親は幼いころ、火事で亡くなったそうです。この島はいろいろと、こう……この辺りの観光地以外は閉鎖的なとこがあって、俺は嫌いなんですけど」

「何人か、一緒に働いている人にお話は聞いたんですけれど、特に親しいご友人は、いらっしゃらなかったんですか」

「知らないですねえ。俺が一番、話してたんじゃないかってくらい。ああそうだ、あまり酒癖はよくなかったです」

江波戸が時和の顔を、ちらりと見る。酔っている姿をよく見たという、アパートの住人の話と一致したからだ。

「一緒に飲みに行かれたことがあるんですか？」

「飲みに行くというか、年に一回くらい忘年会ってことで誘いました。それで、二次会くらいまでいっちゃうと、人に絡んだりしてたな。まあ、酒の上のことですから、俺は怒らなかったですけどね。……あっ、まずい。そろそろ、いいですか。俺も話を聞きたいですけど、もう仕事に戻らないと」

腕時計を見て、裏口のドアノブに手をかけた店長に、急いで江波戸が言った。

「お時間をとらせて申し訳ないです、最後にこれだけ確認してくれませんか。この女性に、見覚えは」

江波戸が見せたのは、被害者宅の壁に、大量に貼られていた写真だ。

これまで、誰に見せても知らないと言われたのだが、今回は店長の眉毛がピクリと動いた。

「あっ！　……ああ、そうだ。うん。見たことありますよ、この子」

えっ、と江波戸と時和は目を見交わす。

確かねえ、と店長は腕組みをして額と鼻に皺《しわ》を寄せ、睨《にら》むように顔をしかめてから、カッと目を見開いた。

「そうだ、あそこ！　繁華街の外れに、ちょっと洒落《しゃれ》たワインバーがあるんですよ。そこの女の子だったと思います。去年か……今年の初めだったかな。瀬見さんが珍しく、いいバーがあるなんて話したから、どれどれと行ったことがあったんですよ」

ところがね、と店長は再び顔をしかめる。

「行ってきたよって話したら、自分が話したからって行かないでください、なんて嫌な顔されちゃって。縄張りを荒らされたみたいな気がしたんですかね。こっちも、別に不愉快になってまで通う気はなかったんで、それきりですけど。……そうか、もしかしたら瀬見さん、あれからもあの店に行ってたのかもしれないな」

これはかなり有力な手掛かりだ。時和は即座に店の名前と、詳しい場所を聞き出す。

では、と店長が店内に戻っていったそのとき、江波戸のスマホが鳴った。

「はい、江波戸。ええ、聞き込み中で、時和さんも傍《そば》にいます。司法解剖の結果、出ましたか」

時和は江波戸がスマホを持つ手を、思わずじっと見る。

ふんふんと、報告を聞いていた江波戸の表情が曇り、やがて眉毛が八の字になっていった。

話し終えて電話を切ると、江波戸は小さく溜め息《たいき》をつく。

「先輩。先生も言ってましたけど、今回はもしかしたら、殺人じゃないかもしれないです。瀬見ケンイチさん、絞殺じゃなかったそうですよ」

驚いた時和だったが心のどこかで、やはり樹神の言うとおりだったのか、という気持ちがあった。

「しかし、首にタオルで絞められたときについた索状痕があっただろう」

「そうですけど。吉川線《よしかわせん》がなかったみたいで」

吉川線というのは、他人に首を絞められたとき、なんとか紐《ひも》から逃れようと紐と皮膚との間に被害者が指を入れ、引っかくなどしてつく線状の傷のことだ。

自絞か他絞かを判断する場合、吉川線の有無は重要なポイントとなる。江波戸は、困惑した顔で続けた。

「それに、タオルの結び目の痕もなかったそうなんです。それじゃあ自殺もできませんし、瀬見さんがなんのつもりで自分の首をタオルで絞めたのか、まったくわからないですね」

自分で首を絞める自絞の場合、途中で意識を失うと、紐がゆるんでしまう。きつく絞めたままの状態にするためには、しっかりと紐を結ぶか、道具を使うしかない。そしてしっかり結べば、結束部分が皮下出血の痕として、皮膚にはっきり残る。

時和は空を仰ぎ、現場の部屋を脳裏に思い浮かべた。

「あの部屋には、首吊《くび》りできそうな家具も道具もなかったよな。ってことは、本気で死ぬ気はなかったけれど、索状痕がつく程度にはタオルで自分の首を絞めたってことか」

「そうなりますね。外傷もないし密室だったあの部屋から第三者の指紋は、まったく検出できなかったそうです」

「絞殺ではない。自絞でもない。となると、死因はいったいなんだったんだ？」

時和の問いに、江波戸は納得していない顔で答える。

「死因は、首を絞めたことによる窒息死ではなくて、たこつぼ型心筋症だそうです」

「心筋症……？　心臓病の病歴はなかったよな」

「血中アルコール濃度が高かったので、なにかに興奮したとか、極度のストレスでショック状態になったんじゃないかと」

「深夜、電気も消えている密室で酒を飲みつつ、強いストレスを感じて、自分で痕がつくほどタオルで首を絞めた上に、心筋症で死んだ……？　不自然すぎるだろ」

「僕も、そう思います。わけがわかりませんよ」

江波戸はうなずき、時和もうなずき返す。その不自然さを解明するのがオカルト捜査専従のゼロ班の仕事だと、互いに理解していた。

とはいえ、殺人の線が一気に薄くなったこの事件に、自分たちはこのまま関わるべきだろうか。

(先生も、殺人事件としての立件は難しいと言ってたな。でもだからといって、放置できる事案じゃない)

「仕方ない。一度署に戻って、近藤《こんどう》さんの指示を仰ぐぞ」

江波戸にそう言った時和だったが、たとえ上司にやめろと言われても、捜査は続けると決めていた。

「真実を確かめたいなら、気が済むまで調べればいい」

署に戻った時和を待っていたのは、そんな近藤の言葉だった。

いいんですか、と時和の表情は明るくなる。

「でも、殺人ではない可能性が高くなりましたが」

「もちろん、他に緊急の事件が入ったら別だが。もうお前もわかってきただろうが、ゼロ班に回ってくる仕事は、立件できるかどうかも、怪しいものが多いんだ」

「とにかく普通の状況じゃない、っていうのがよくあるパターンですよね」

別件の仕事らしく、忙《せわ》しなくキーボードを叩《たた》きながら小夜美《さよみ》が言う。そしてふいにその手を止めて、くるりと椅子ごと回って、立っている時和のほうを向いた。

ぱっちりした目が、時和を見上げる。

「じゃあその一件、占ってみましょう」

小夜美は引き出しからタロットカードを取り出し、サクサクと切り始めた。

ライバル意識があるらしく、あまりタロット占いを歓迎していない江波戸だが、やはり気になるのか、時和の肩越しに小夜美の手元を見る。

「……よし、これだわ！」

しゅ、と横に飛び出した一枚を、小夜美はすいと抜き出した。

表を向けてデスクに置いたそのカードには、白と黒の小さなスフィンクスのような生き物が、車輪のついた乗り物に男を乗せ、引っ張っている絵が描いてある。さらにそのカードは、上下がさかさまになっていた。

小夜美は目を閉じ、指先でその表面を、しばらくそっと撫《な》でていた。

そしておもむろに、瞼《まぶた》と唇をパッと開く。

「──『戦車』の逆位置。……想《おも》いが暴走してる。コントロールが利かないまま、突っ走って戦って……そして、負けた」

「戦って、負けた？」

時和はオウム返しにして、今回の事件の概要を頭の中で整理する。

瀬見の部屋にあった、あの特注の畳と大きな針は、なにか呪術の一種だったのではないか、と思えて仕方がない。それが戦いなのではないだろうか。

そして戦うからには、相手がいるはずだ。職場の店長の話を聞く限り、それに該当しそうな人物はいなかった。

となるとやはり一番気になるのは、あの写真の女性だったが、この事件にどこまで関係があるかもまだわからない。今のところ任意で話を聞く、ということくらいしかできそうになかった。

観光地にある繁華街は一か所のみで、その裏道に数軒だけ、バーやスナックが軒を連ねている小路《こうじ》がある。

時和が訪れたのは、そのうちの一軒。瀬見の部屋にあった、写真の女性が勤務しているという、ワインバーだった。

細い路地にあるその店は、扉がガラス張りになっていて、中がよく見える。

カウンターだけしかない店内は、十人も入れば満員になってしまうだろう。

店のガラス越しのオレンジ色の照明が、暗い路地の湿った地面を、そこだけ明るく照らしていた。

「あれ。平日の十八時前なのに、もう先客がいらっしゃいますね」

時和の隣で言ったのは、講義を終えてやってきた樹神だ。

江波戸は酒が飲めないし、小さな店に三人で押しかければ警戒されるだろう。

というわけで、渋々ではあったが、江波戸は同行を辞退していた。

「そうだな。開店は十七時だから、近所の常連客かもしれない。タイミングを見て、声をかけよう」

言って時和は、ガラリと木枠のガラス戸を開けた。

「いらっしゃいませ。お好きな席にどうぞ」

カウンターの中から、長い前髪の眼鏡をかけた青年が、愛想よく声をかけてくる。

バーテン服などは着ておらず、ポーターのTシャツを着ていた。

そして、その横にいたのは。

（写真の子だ……！　やっぱり若いな。十代に見える）

時和はそんなことを考えながら、コートを壁のフックにかけ、カウンターのスツールに座った。樹神が先に、オーダーをする。

「おすすめは、なにかありますか。今日は口当たりのいい、爽やかな白が飲みたいのですが」

にこやかにバーテンダーは、メニューの書いてあるボードを指差した。

「だったらぜひ、トカイがおすすめです。ハンガリー産のワインなんですが」

「ほう、ハンガリー産ですか。ではそれを。時和さんは？」

時和はあまりワインには詳しくないし、味もよくわからない。

「俺は生で」

かしこまりました、とバーテンダーはきびきびと手を動かし始めるが、もこもこした白いニットを着た女性は腕まくりをして、グラスを洗っているだけだった。

もしかしたら彼女はグラスを洗うだけの、アルバイトなのかもしれない。

時和の隣に腰かけている樹神は、店内を見回している。

「音楽が好きなオーナーさんのようですね」

樹神がつぶやき、時和もうなずく。

店の壁には、何本ものギターが飾られていて、手作りらしきアンプは木でできていた。天井を見ると、引き上げ式の梯子《はしご》があり、どうやら屋根裏部屋があるようだ。アンティークなランプには猫の形の飾りがついていて、メニューはボードに手書きされている。

そんな洒落《しゃれ》た造りの店だったのだがひとつだけ、不似合いなものが存在していた。

それはカウンターの棚の一番上に鎮座している、神棚だ。

「どこかで、見たことはありませんか」

時和の耳元に唇を近づけて、囁《ささや》くように樹神が言う。

店内には大きめの音で洋楽が流れているし、常連たちは雑談で盛り上がっている。この程度の話し声ならば、聞こえないと思われた。時和も小声で返す。

「……ある。でも神棚ってのは、どこも似たようなもんじゃないのか」

「神棚に多いのは、三社造りと一社造り。お札を横に三体並べると三社、重ねるものは一社です。こちらも瀬見さんのお宅のものも、三社造りです。その場合、中央には必ず神宮《じんぐう》大麻《たいま》……天照皇大神宮《てんしょうこうたいじんぐう》のお札を配します。右側に氏神様。左側には、崇敬する神様のお札と位置が決まっているのです」

へぇえ、と時和は物珍しい気持ちで、改めて神棚を眺める。

「俺は天照大神《あまてらすおおみかみ》くらいしか知らないけど、神道ってのは神様がたくさんいるんだろ」

「はい。瀬見さんもこの店と同じ氏神様。島の西側にある、御祭神が少彦名命《すくなひこなのみこと》の、常世《とこよ》神社のお札を納めています。それだけでなく左の崇敬神社の位置にも、常世神社のお札があることまで一緒ですが、これは珍しいことです。通常、氏神様以外に崇敬神社がなければ、左側は空いた状態にしますから。こちらも瀬見さんも、よほど少彦名命へのご信仰が厚いのではないでしょうか」

「すくなひこなのみこと……聞いたことないな」

時和が言うと樹神はいつものように、端整な白皙《はくせき》の顔に、なにを考えているのかわからない、薄い笑みを浮かべた。

「そうですか。少彦名命は、わりとポピュラーな神様ですよ。全国なら三十か所くらい……都内でしたら、上野の五條天神社《ごじょうてん》や、神田《かんだ》神社にお祀《まつ》りされています」

それなら、知らずに参拝したことがあるかもしれない。樹神は淡々と続けた。

「日本書紀《にほんしょき》や古事記《こじき》によれば、蛾《が》の皮の着物を着て波の彼方《かなた》からやって来られて、国造りに協力してくださった神様なんです」

時和は想像して、思わずほっこりした気持ちになる。

「蛾の着物か。随分と小さくて可愛《かわい》いな」

「ええ。ミソサザイという小鳥の皮の着物という説もあります。ガガイモの実に乗っていらっしゃったそうですからね。酒造りの神様でもありますから、バーに相応《ふさわ》しくはありますが。他にも多様なことに関わる神様と言われています。たとえば、穀物。知識。医薬品。石。そして……」

一度そこで、樹神は言葉を切った。

バーテンダーが、グラスを持った手を伸ばしてきたからだ。

「はい、こちら生ビールです。それから、トカイ」

「ああ、ありがとう」

受け取ってワイングラスに口をつけ、樹神はにっこり笑う。

「……うん。これは美味《おい》しい。いいワインを知ることができました。メニューの価格も良心的ですし、私も常連になりそうです」

「先生。じっくり味わってないで、話の先を続けてくれ」

時和が急《せ》かすと、樹神はグラスを置いた。

そしてバーテンダーが常連客との会話に戻ったのを確認してから、再び小声で言う。

「――わかりました。ここからが、肝心です。こちらでも瀬見さんの家でも、熱心に信仰していらしき氏神様。その御祭神の少彦名命は先ほど言った様々なことの他に、呪術を司《つかさど》る神様なのです。そこに関連がないとは思えません」

ハッ、と時和は樹神を見る。

「呪術ってことは、あの畳や針は呪いの道具で、この店もなにか関係あるのか？」

「順番に、ご説明しましょう。瀬見さんの部屋にあった、畳と針。あれは、『蔭針《かげはり》の法』という呪法に使います。先日の、三田村美憂《みたむらみゆ》さんの事件のような、空想的な真似事《まねごと》ではありません。特別注文の赤い縁《へり》の畳。ひとつは長さが八寸で、幅は五寸、厚みは一寸八分。もうひとつは長さと幅は同じですが、厚みは四分。縁には大和錦《やまとにしき》が使われていました。そして、紙人形をひとつめの畳に置き、その上にふたつめをかぶせてから『禁厭《きんよう》の一念を通す神の御針云々《おはりうんぬん》』と唱えつつ、針で貫く。針も本来なら、専用のものを用意しますが、市販品でも代用は可能だと思います」

樹神の瞳は照明のせいで、淡く金色に光っているように見える。

「これはれっきとした神道の『怨敵調伏《おんてきちょうぶく》の法』です。つまり、亡くなった瀬見ケンイチさんは、呪われたわけではありません。呪殺法で、誰かを呪っていたのです。おそらくは、写真の相手を」

ごく、と時和は息を呑《の》んだ。そしてちらりと、カウンターの中で、せっせとグラスを拭いている女性を見る。

おそらく、高校生か、入学したての大学生くらいだろうか。

髪をふわふわとお団子にして、あごが細く、小さな唇が可愛らしい。

そんな女性に唐突に、あなたは呪われていましたが心当たりはありますか、などと聞くわけにはいかない。

タイミングを見計ることにして、しばらく時和と樹神は、グラスを重ねていた。

「……そもそも先生には、いつから見えてたんだ。その。俺が見えるようなものが」

「そうですね。物心ついたころから。代々、そうした家系なんです。私の父親や従兄妹は何人か、本土で祓《はら》い屋《や》をしていますしね」

「祓い屋。すごいな、悪霊退治でもやってるのか」

「詳しくは知りませんが。災厄の続くお家《うち》から頼まれて、お祓いをしたり、占いをやったりしているようです。私も知識と興味はありますが、それを生業《なりわい》にしたいとまでは思いません。怪異とはなににしろ、幼少時からのおつきあいなので……この島の山奥には、亡霊ですらないあやかしもいるんですよ」

「あやかし……妖怪か？　おいおい、嘘《うそ》だろ」

信じたくないという思いで時和が言うと、樹神は苦笑した。

「人に見えないものが見える時和さんが、そんなふうに言うのは心外です。今度ぜひ、見学に行きませんか。山中には、温泉宿もありますから」

冗談ではない。時和は思わず、声を大きくした。

「いや、断る！　なにが楽しくてわざわざ、化け物の中に飛び込まなきゃならないんだ。絶対に、断固として拒否するぞ俺は」

「人に危害を加えるようなものは、近寄らせませんよ」

「精神的なダメージを喰《く》らうだろうが。嫌なものは嫌だ」

「頑固ですねえ。そんなに拒絶しなくてもいいじゃないですか。前にも言いましたが、なにか子供の頃に、トラウマになるような経験でもしたんですか」

くっくっと、樹神は喉を鳴らして笑った。時和はそれを横目で見つめ、ぐいと生ビールのグラスをあおってから、真顔になった。

「笑うな。……本当に、笑いごとじゃないんだ。確かに、俺にはトラウマがある」

樹神には、言っておいてもいいかもしれない。なにしろ、亡霊が見えるという、初めて出会った自分と同じ存在なのだ。

時和はそう考え、グラスの中の気泡を眺めながら、これまで誰にも言えなかったことを打ち明け始めた。

「なんで見えるのかは、俺は知らない。親からも、そんな親族の話は聞いたことがないし、同じ能力がある仲間を探したこともないからな」

「私が出会った本物の霊能者にも、そういう人は多いですよ。なぜ自分には見えるのか、わからないと。絶対音感があったり、極端に知能指数が高い、という人たちと同様に、個性のひとつだと私は考えています」

「そういうものなのかな。俺が最初に見たのは、幼稚園児のころだ。ふわふわと白いものが、近所の家の窓から飛んでいくのを見た日、その家の人が亡くなったことがあった。奇妙なことはそれからも何度かあったけど、ガキすぎて意味がわからず、怖くもなんともなかった。本当に恐怖を覚え始めたのは……小学三年生のときだ」

　樹神はもう何も言わず、熱心に時和の話に耳を傾けている。

「夕方、いつも通ってる公園の前まで来たら、同い年くらいの知らない女の子が、なにか言いたげに俺を見て立っていた。どうしたのかと声をかけると、黙って公園の右側を指差した。俺が、あそこは親からも先生からも行くのを禁止されてる場所だぞ、と振り向いて言ったら、女の子は消えていた。変なやつだと思って、俺は家に帰った。……次の日も、女の子はそこに立っていた。なぜか俺のほうに手を伸ばしてきたけれど、俺はその手をとらなかった。気になって親に言ったが、変わった子ね、と言われただけだ。教師を無理やり引っ張って行っても、冗談だと思われて怒られた。俺はそのときやっと、女の子が他の人間には見えていないと気がついたんだ。でも気がついたところで、どうしようもない。そして……次の日もその次の日も。女の子は立っていたが、俺は気にしながらも無視するようになった。……それで」

時和は胸が締め付けられるような息苦しさを感じて、すう、と小さく深呼吸をする。

「数日後、公園の溜《た》め池《いけ》から子供の遺体が上がった。テレビでその子の写真を見て、俺はそこで初めて、凍りつくような恐怖を感じた」

「公園の前にいた、女の子だったんですか？」

低く静かに樹神が言い、ゆっくりと時和はうなずく。

「亡くなったのは、一週間前だった。だから俺が助けられたわけじゃない。でも、ずっとその子はひとりぼっちで、冷たい水の中で……寂しくて、早く見つけて欲しくて、助けを求めて手を伸ばしてきたんだろう。でも俺は、なにもしてやれなかった」

「あなたは大人たちに相談し、その場にも連れて行った。やれることはやったのではないですか」

「結果として無意味だった。信じてもらえなければ、他人は動かせない。なあ、わかるか、先生」

時和はグラスを持っていないほうの手で拳を握り、樹神を見た。

「なにもできないのに助けを求める手が、必死にこっちに伸ばされる。あんなに怖いことはない。……だから俺は警察官を目指したんだ。現実に動けるように」

「──そうだったんですか」

樹神は静かに言って、しばらくカウンターに視線を落とした。

時和は胸の内を、さらに話し続ける。

「……でも、本当に幽霊なのか俺の妄想なのか確証がない上で動くのは、常に迷いと不安がつきまとう。科学捜査で全容が解明できれば、それが一番だと俺は思ってる」

時和の言葉に、樹神はゆっくりと顔を上げた。

「人命に関わることですから、迷いがあるのはわかります。しかし私はあなたが原因を探る目を持っていると確信していますし、その上で現実に動くための手段を得た行動力は、素晴らしいと思いますよ。私が太鼓判を押しますので、どうかご自分の能力を認めて、積極的に事件の解明に役立てていただけませんか。本当にこの世には、科学だけでは解明できないこともあるんです。……特に、今回のような事件では」

「先生……」

自分と同じものが見えるという、樹神がそう言ってくれるのならば心強い。

時和がなにか感謝の言葉を口にしようとした、そのとき。

ドッ、と奥の席から笑い声が上がった。こちらは深刻に話し込んでいたが、あちらではよほど雑談が盛り上がっていたらしい。

「ああ、楽しかった。そろそろ帰らなきゃ。宇仁谷《うにや》さん、凜子《りんこ》ちゃん、次来るときには、屋根裏の改造がどうなったか、楽しみにしてるね」

「そうだ、改装費を寄付するから、俺が酔い潰れたら寝かせてくれよ」

「駄目ですよ、僕のギター練習室なんですから」

「そうよ、酔ったら梯子《はしご》なんか登れないじゃない。じゃあお会計、お願いします」

奥の席にいた常連たちが席を立ち、その場で支払いと帰り支度を始める。

どうやらカウンターの中にいるのは、雇われているバーテンダーではないというのが、常連客の会話でわかった。

「ごちそうさまでした〜」

ほろ酔いらしい常連客たちが店を出て、時和は樹神と目と目を見交わす。

樹神は軽くうなずいて、宇仁谷と呼ばれた男に言った。

「お代わりをいただけますか。それと、チェイサーを」

追加のワインが注《つ》がれて、水の入ったグラスと一緒に、樹神の前に置かれる。

「気に入っていただけたようで、よかったです」

「いいワインが揃《そろ》っているようですね。失礼ですが、店主さんですか。先ほどのお客さんが、改装のお話をされていたので」

ええ、と宇仁谷は笑顔を見せた。樹神はにこにことして、店内を見回す。

「素敵なお店ですねえ。こぢんまりとしていて、居心地が良くて。ところで、あそこの神棚。右側にお祀《まつ》りされている氏神様は、常世神社のお札のようですが。もしかして、彦根《ひこね》村《むら》のご出身ですか」

尋ねると、宇仁谷と凜子ちゃんと呼ばれた女性は、顔を見合わせる。

「ええ、そうです。もしかしてご実家はお近くですか？」

聞き返されて、樹神は答えた。

「うちは温泉郷より東側なので、彦根村とは、山の反対側になります。そう遠くはないですが、なかなか行く機会はないですね」

ですよね、と凜子がつぶやいて、くすっと笑った。

「なにもないですし、うちの村」

ねえ、というように宇仁谷を見ると、宇仁谷も苦笑してうなずいている。

どうやらふたりとも、彦根村の出身に違いなかった。

時和はちら、と出入り口を見る。まだ次の客が入ってくる気配はなかった。

「彦根村か。どこかで聞いたことがあると思ったら、俺がよく行く食堂の店員の出身地だな」

作り話を始めた時和はおもむろに、ポケットからスマホを取り出した。

そして、ローカルニュースのサイトを表示し、死亡した瀬見ケンイチの画像が載っているページを探す。

「この前この人、原因不明の病気で急に死んで、殺人じゃないかなんて言われててね。気になっていたんだけど、知らないかな。居酒屋やスナックには興味ないけど、ワインバーにはよく行くって聞いてたんだ。この辺りにそんな洒落《しゃれ》た店、何軒もないからね」

ほら、と時和はふたりの顔の前に、スマホの画像を向けた。

宇仁谷は軽く眉をひそめたが、驚いた様子はない。

凜子のほうは、なにか困ったような、すがるような目で店主を見つめている。

ややあって、宇仁谷は溜め息をついた。

「この人、知ってますよ。一時期うちの常連客でした」

あっさり認めたので、時和は少々、拍子抜けする。

「そうでしたか。最近は来てなかったのかな。酒癖が悪いって聞いてたけど」

「出入り禁止にしましたから」

憮然《ぶぜん》とした面持ちで、宇仁谷が言う。

「凜子ちゃんは、僕の親戚の家の子です。まだ十代なんですよ。だからもちろん酒は作らせないで、雑用だけやってもらってるんですけど。瀬見さんはよく話しかけていて、彼女も最初は愛想よく、あくまでも店員として親切に対応してたんです。そうしたら勘違いしてくどいてきて、まさにストーカーになっちゃいまして」

「可愛《かわい》らしいお嬢さんだから、そういうこともあるかもしれませんね。可哀想に怖かったでしょう」

樹神が気遣ったが、凜子はおとなしそうな顔立ちのわりに、しっかりとした口調で言った。

「怖いというより、迷惑でした。だけど、宇仁谷さんも、他のお客さんもかばってくれましたから」

「彼女はこう言ってますけど、しつこくて大変だったんですよ。しまいには逆切れして、呪い殺してやるなんて言い出して」

宇仁谷は、瀬見に対する憤りをあらわにする。

「さっきお話ししたように、出身が同じ村なんです。顔も、家族がいないのも知ってました。昔、彼の家が火の不始末で火事を出して、近所にも延焼したので、周囲から恨みを買っていたんです。とはいえ出火原因は彼のせいではないみたいでしたし、そういう排他的な雰囲気がイヤで村を出た僕らとしては、同情心もありました。それで凜子ちゃんが優しくしてあげたのが、あだになったなと」

「……身の危険を感じるくらいに？」

時和が尋ねると、凜子はぐっと眉を寄せて、どう答えていいかわからないというような顔をした。代わりに宇仁谷がうなずく。

「感じてもおかしくなかったですよ。出禁にした後も、店から出たとこをつけられたり、盗撮されて、僕が追いかけたこともありました」

「……それじゃあ、瀬見さんが亡くなったと知っても、ショックとか悲しいって感じはないのかな」

時和が言うと、宇仁谷は挑戦的な目つきになった。

「ええ、まあ。誰だって身内に危害をくわえそうな人間は、いなくなってくれたほうがいいでしょう？」

「それは当然です。……申し訳ありません。嫌なことを思い出させてしまって」

樹神が詫《わ》びると、宇仁谷は肩をすくめた。

「別にいいですよ。もう終わったことですから。それより、次はどうされますか」

あっ、と時和は空になったグラスに気がついた。

「同じのを。それと、興味本位でいろいろ聞いたんで、おふたりに好きなものを一杯ずつ奢《おご》らせて欲しい。もちろん彼女には、ソフトドリンクを」

気にしなくていいのに、と笑顔を見せて、宇仁谷はグラスに生ビールを注ぐ。

（瀬見が呪っていたこの女性は、同じ村の出身だった。呪った動機は片思いから失恋した挙げ句の、理不尽な怒りってとこか。でも呪ったのは瀬見なんだよな？　あの異様な死に方に、なんの関係があるんだ？）

時和はじっと、札が三体並んだ神棚を凝視する。

隣の樹神はワインを上機嫌で口にしながら、もう事件などすっかり忘れたかのように、宇仁谷たちと世間話を始めていた。


数日後。瀬見ケンイチの死に、事件性はないと判断された。

密室であったこと。泥酔状態だったため、近隣で聞かれた声や騒音は、ひとりで騒いでいただけの可能性があること。索状痕《さくじょうこん》には結束部分がなく、吉川線《よしかわせん》もない。

酔って錯乱状態で自分で自分の首を絞め、その挙げ句の心臓発作が死因とされた。

さらに呪いの道具らしきものも、購入者が瀬見自身とあって、心臓発作を起こすほどのストレスとなったと見る余地すらなくなった。けれど樹神は、違うと言う。

そこで時和の非番の日と、樹神が時間をとれる日を選び、ふたりで彦根村へと足を運んだ。

彦根村は、島の山間部の西側にある。

約百五十世帯が住んでいて、果樹園や畑の間に、大きな農家が点在していた。

村の手前で樹神の車を空き地に停《と》め、ふたりはとりあえず、鎮守の森の中にある神社を目指すことにする。

道ですれ違った村人たちは、いずれもよそ者への警戒心が強そうだった。

パーカーの上にブルゾン、ジーンズに白いスニーカーを履いた時和。

上質なトレンチコートを羽織り、ツイードのパンツにぴかぴかに磨かれたウイングチップの革靴という格好で、雨でもないのに黒い傘を差した樹神。

このふたり組は、村の中ではかなり浮いて、目立ってしまっているようだった。

どこからなにをしに来たんだろう、というように家事や農作業の手をとめて、こちらをじっと観察しているような視線を、あちこちから感じる。

「……なんとなく見張られてるみたいで、居心地が悪いな」

「そうですね。途中に温泉地がありましたけど、ここまでは観光客も滅多に訪れないですし、村人はたいてい、顔見知りか親戚です。同じ苗字《みょうじ》も多いですしね。よそ者には、身構えてしまうのかもしれません」

ともあれ氏神様に挨拶しておこう、とふたりは鎮守の森に囲まれた神社に向かう。

常世神社というその社は、古くて小さいがよく手入れされていて、人々の信仰を今でもしっかり集めていると感じられる。

本殿の賽銭箱《さいせんばこ》の横には、お供えされたばかりらしい、新しい清酒の箱がいくつも並んでいた。

「二礼、二拍手、一礼ですよ」

そう言われ、樹神の所作にならって時和は参拝した。

問題は、そこからだった。

まずは瀬見がここに住んでいた当時を知る人物を探したが、なにしろ住民たちは口が重い。話しかけようとすると逃げていくし、商店の店員ですら、よく知りません、としか言わなかった。

「……瀬見さんが住んでいたのは、この辺りらしい」

戸籍から割り出した住所は、かなり前に火事になったということで、ほとんど更地の状態だった。

しばらくその周囲の、ぽつりぽつりと家が建っている道を歩くうちに、時和はあることに気がつく。

「どの家の軒先にも、赤い紙が貼ってある。あれはなんだ？」

いかにも独特な文化を持つ、特殊な村なのだと感じつつ時和は尋ねた。

樹神はそちらを見て、ああ、とすぐに紙の正体がわかったようだ。

「あれは、蘇民将来之子孫也《そみんしょうらいのしそんなり》、と書いてあるんです。長い逸話なので、ものすごく簡単に省略してお話しすると……北からやってきた神様が、宿がなくて困っていたとき、宿を貸したのが蘇民将来《そみんしょうらい》という人なんです。そして神様がお礼に、流行り病《はややまい》があったときに蘇民将来の子孫だという目印をつけていれば、災厄から免れるようにしてくれたと言われています」

「なるほど。だから、そう書いた札を貼ってるわけか」

「もともとは、茅の輪《ちわ》を腰につけている、というのが目印だったんですけれどね。風邪が流行る時期なので、そのせいでしょう」

「本当に神様への信心が根付いている村なんだな」

そんなことを話しながら歩いていると、どこからか冷たい北風にのって、細く高い声が聞こえてきた。

大きな農家の庭で、五、六人ばかり子供が遊んでいるようだ。垣根越しにそっと様子をうかがうと、楽しそうに、けれど意味のわからない歌を歌っていた。

「よつもとおとお、いつつもとおとお、むつもとおとお……」

赤い札の貼られた家々。意味不明の童歌。空には鉛色の雲が垂れ込めている。

時和が、なんだかこの村全体が不気味だと思えてきた、そのとき。

「あれあれ。天少《てんしょう》さんのお使いでねえの。この前は、お世話になって」

えっ、と振り向くと、そこには先日町で時和が保護した、老女が立っていた。

「お礼をするから、家まで来てちょうだいな。そっちの、綺麗《きれい》なお兄さんも。天少さんの、眷属《けんぞく》さんかの」

きょとんとした顔で、樹神が時和に尋ねる。

「この村に、お知り合いがいたんですか」

「……いや、先生の家の近くで迷っていたんで保護したんだ。おばあさん、この村に住んでいる方だったんですね」

　家がこの近くだとすると、かなりの距離を歩いて直売所まで行ったのだろう。あのとき保護できてよかった、と時和は思う。

「今日は、迷っていないんですよね？　家まで送りましょうか」

「いや、そこに家のもんがおるでよ。ほい、多佳子《たかこ》、こちらの方が、前に話した天少さんのお使いだよ」

　と、商店のほうから壮年の、多佳子と呼ばれた女性が慌てて走ってくる。

「お母さん、ちょっと待ってて、って言ったでしょう。転ぶと危ないんだから……」

　多佳子はこちらを見て、頭を下げた。

「申し訳ありません。母がなにか、失礼をしましたか」

「いや、そんなことは」

　時和の言葉を遮って、老女が言う。

「だから、町で会った、天少さんのお使いだと言っとるでしょうが。さあさ、家でもてなさんと。お礼をせねば、罰が当たる」

　あのう、と多佳子はこちらの顔色を、うかがうように見る。

「もしかして、この前、母を保護してくださった方でしょうか」

「ああ、はい。直売所のところで、座り込んでおられたので」

やっぱり、と多佳子は手をぱちんと打った。

「ありがとうございました！　警察に、捜索願を出したところだったんです。あの日、朝目が覚めたらいなくなっていて、あちこち探し回って大変だったんですよ」

「そのとき助けてもらったんだから、言うとるのよ。早く、家にお招きして、お茶でもなんでも出さんと」

「でも……お時間は、大丈夫でしょうか」

気の進まない様子の多佳子に、樹神がにっこりと微笑《ほほえ》んだ。

「私たちは問題ありません。それに、少し喉が渇いていたところです。もしよろしければ、ご厚意に甘えさせていただけませんか」

ずるいくらいの優しく甘い声音に、多佳子は、ポッ、と頬を染めた。

それからさりげなく、乱れていた前髪を指で整えて言う。

「では、あのう、すぐ近くですから。どうぞ、休憩していってください」

いそいそと歩き出した多佳子についていきながら、やるじゃないか、と時和は樹神を横目で見た。

樹神は頭上の梢《こずえ》で鳴く、小鳥の声に耳を傾けるふりをして、目を合わせようとはしなかった。

到着した家の表札には『滝内《たきうち》』と書いてあった。が、時和はその近隣の家の何軒かに、『宇仁谷』という表札がかかっていたのを見逃さなかった。

広い座敷に通されると、この家にも三社造りの神棚があり、みずみずしい榊《さかき》とお神酒が供えられている。樹神が珍しいと言った、左右に氏神の札があるのも同じだ。

欄間には竜の彫刻が施され、代々続く裕福な農家なのだろうと思わせた。

「ではお茶を淹《い》れてまいりますので、ゆっくりしてらしてください」

多佳子は小走りで、長い廊下の奥へと姿を消した。

立派な一枚板の座卓の、分厚い座布団に並んで座ったふたりの向かいに、ちょこんと老女が座る。

老女はいたずらっ子のような笑みを浮かべながら、囁《ささや》くように時和に言った。

「天少さんのお使いさんがうちに来てくださるなんて、なんとまあ嬉《うれ》しいことじゃろう。ちょうど、聞きたいこともあったのよ。ひとつ、教えてくださらんか」

「……なんでしょうか」

面食らいつつ時和が言うと、老女はニイ、と歯の無い口で笑ってみせた。

「お使いさんなら、もちろんご存じでしょうが。三軒先の家の娘のお爺《じい》が、厄介者に返してやった件は、上手《うま》くいきましたでござんしょうか？」

は？　と時和はリアクションに困って固まった。

言われていることの意味が、まったくわからなかったのだ。

しかし樹神の眼鏡の奥の瞳が、きらりと光った。

任せてください、とでも言いたげな顔で時和を見てから、樹神は言う。

「はい。まことに見事に返されました」

途端に老女が、ホーッ！　ホッホッホッ、と奇声を上げ、時和はギクッとする。

それは老女が、甲高く笑う声だった。

「ならば瀬見は死んだか、それはよかった」

満足そうに、老女はなおも笑っている。

（返した。ならば死んだ？　どういうことだ、あの瀬見さんのことを言ってるんだよな？）

と、障子がすっと開いて、多佳子が盆にのせたお茶と干菓子を持って入ってきた。

多佳子に向かって、はしゃいだ様子で老女が言う。

「多佳子や。あの、文代《ふみよ》さんとこの、弟の平助《へいすけ》さんちの孫の凜子ちゃんのアレだがよ。上手いこと、返ったんだと。おかげで死んだとさ。よかったのう」

「おばあちゃん！　なに言ってるの！　す、すみません、適当な作り話ばかりするんですよ」

多佳子が慌てて取り繕うと、老女は不満そうに口を尖《とが》らせた。

「なにが適当よ。村にたくさん迷惑をかけた家のもんが、ろくに祭りにも参加しとらんかったのに、天少さんのお力を借りたりするから、罰が当たったんよ。返って死んで、当然でしょうが」

「やめなさいって、おばあちゃん！　相手にしないでくださいね、おふたりとも」

多佳子は青い顔になり、困惑しきって釈明するが、時和はこれ幸いとさらに尋ねる。

「できましたら、瀬見ケンイチさんについて、もう少しお話をうかがいたいのですが。この村のご出身だと聞いていますが」

「おい。あんた、なんで、瀬見の話なんか聞きたがるんじゃ」

ガラリと今度は横の襖《ふすま》が開き、真っ白な髪と髭《ひげ》を生やした、老女の夫らしき老爺《ろうや》が出てきた。

「ばあさんを助けてくれたのは、ありがたいと思っておるけれども。村のことを、あれやこれやと聞くのはなんのためじゃ。まさか、瀬見の仲間じゃあるまいな。なにか企《たくら》んどるなら、承知せんぞ」

　この得体の知れない村で、敵対視されてはたまらない。時和は正直に言う。

「いえ、我々は怪しいものではありません。流麗島《りゅうれいじま》警察署のものです」

　すると多佳子が、手にしていた盆を、ガタンと座卓に置いた。

「なっ、なにも悪いことなんかしとりませんよ、誰も！」

　怯《おび》えた、悲鳴のような声だった。

　老女はポカンとして、そんな多佳子と時和を交互に見る。

「多佳子はなにを、素っ頓狂な声を出しとるの。この人らは、天少さんのお使いだから、なんも問題ありゃせんて。そもそも、身の程知らずに可愛《かわい》い娘っ子にのぼせあがって、呪った瀬見が悪いんじゃ。のう、お使いさん」

　そのとおりです、と言ったのは、樹神だった。

「咎《とが》めるつもりは、いっさいありません。ただ少し、状況を把握したいだけだったのです。お騒がせして申し訳ない、我々はもう帰りますので」

　樹神が立ち上がったので、時和もそれにならう。

「おばあさんが元気な様子で、安心しました。では、これで失礼します」

　ふたりして玄関へと向かうと、焦った様子で多佳子が追ってきた。

「こちらこそ、すみません。ただ、あの。いろいろとこの村では、特殊な儀式がありまして。でも、つまり」

なにかとても、口にしにくいことがあるらしい。

樹神が振り向いて、優しく言った。

「瀬見さんの件は、事件にはなりません。もちろん、誰も逮捕されません。私が保証しますよ。ご安心ください」

すると多佳子はホッとしたように、へなへなとその場に座り込んだ。

時和には、まだ事態の全容がつかめない。だが、樹神に説明を急《せ》かすことはしなかった。

なぜなら、このわけのわからない異様な雰囲気の村から一刻も早く離れたい、と感じていたからだった。

樹神のアルファロメオの助手席に座り、ようやく時和は緊張を解いた。

もちろん年寄りや多佳子が相手では、たとえ襲い掛かられたとしても、簡単にこちらが返り討ちにできる。

しかし対応をひとつ間違えたら、村全体を敵に回して二度とあの地から出られなくなってしまうような、そんな恐ろしさを感じていたのだ。

「こういう観光客向けの店だったら、時和さんも怖くないんじゃないですか」

しばらく車を走らせて樹神が車を停《と》めたのは、若い女性が好みそうな、海の見える立地にあるカフェだった。

こちらの胸の内を読んだような樹神の言葉に、時和は照れ臭さを感じる。

「べ、別に怖がってなんかないぞ」

「あれ、そうですか。だったら村に置いてきたらよかったですね」

「意地が悪いな、先生」

「とんでもない。優しいじゃないですか。時和さんと落ち着いてお話しするために、こんな今風なカフェを選んだんですから」

ここからだと、まだ樹神の屋敷や中央町には遠いのだが、山のふもとの温泉地に近く、穴場のような場所らしい。一階が駐車スペースになっていて、二階のカフェには屋内だけでなくオープンデッキにも、テーブルがいくつか設置されている。

店内には若い女性の四人組がいて、楽しそうに歓談していたのだが、ふたりが店に入るとその目が一斉にこちらを向き、なにやらひそひそと囁き交わしていた。

頬が赤くなっている様子からして、樹神の端整な容貌に見惚《みと》れているのだろう。

そんなことより時和には気にかかることがあり、まずは店内を隅々まで目を凝らして観察する。けれど神棚は、どこにもなかった。

「少し寒いですが、外のほうが静かで景色がいいですから、テラス席にしましょう。今日の天気とこの時刻なら、傘がなくても大丈夫そうです」

樹神はそう言って、潮の香りがする見晴らしのいい席に腰を下ろした。

灰色の重そうな雲で覆われた空は、夕日のせいで一部分だけ炎が散ったように赤く光っており、海は柔らかな薄桃色にきらめいている。

時和はそんな空と海を眺めつつ、樹神の正面に座って言った。

「それで。……先生は今回の件、なにがどうして瀬見さんが死んだのか、もう全部わかっているんだろう？　そろそろ話してくれないか」

樹神の白い髪や頬までもが、夕日を受けて薄赤く見える。

籐《とう》の椅子に座り、長い脚を優雅に組むその姿は、まるで一枚の絵画のようだった。

「はい、もちろん。そのつもりです」

樹神はオーダーしたキリマンジャロと、時和のアイスコーヒーが運ばれてくるのを待ってから、静かな声で話し出した。

「まずは、あの村のことです。あの村人たちは全員が、熱心に少彦名命を信仰しているようでしたね。もともと、彦根村という名前は、少彦名命の別名、天少彦根命《あまのすくなひこねのみこと》からきているのでしょうし、天少さんというのは、あの村での氏神様の愛称です」

あ、と気がついた時和に、樹神はうなずく。

「あなたがおばあさんに、天少さんのお使い、と呼ばれていたのは、そういう意味です。そして、今回の事件の全容についてですが……」

樹神は珈琲《コーヒー》カップを口に運び、味に納得したようにうなずいてから、再び話し出した。

「結論から言いましょう。瀬見さんを殺したのは、瀬見さん自身です」

なんだと、と時和は身を乗り出す。

「自殺ってことか？」

「いいえ。少し違います。ご自分で、タオルで首を絞め、なおかつ恐怖に耐えられず極度のストレスによって、心筋症を起こしたのではないかと」

時和は混乱して、樹神に詰問する。

「恐怖？　現場は密室だぞ。酔って幻覚を見たとでも言うのか？」

「幻覚や幻聴によって、自分で自分の首を絞めざるを得なかったのか。不可解な力によって、強制的に身体《からだ》を操られたのか、それはわかりませんが。なにものかの意志と戦って負けたのではないか、と私は確信しています」

「川名《かわな》もそんなふうに言ってたな。でもなにものかって、いったい誰なんだ」

理解の範疇《はんちゅう》を超える説明に、時和は目を白黒させるばかりだ。

穏やかな目と表情で、樹神は続ける。

「相手はひとりではないと思われます。——これは、『呪い返し』です」

「呪い返し……!?」

耳慣れない恐ろしい言葉に、時和は息を呑《の》む。

「そういえばあのおばあさんも、しきりと『返した』と言ってたな」

思い至って時和が言うと、樹神はうなずく。

「瀬見さんが『蔭針《かげはり》の法』を使ったと、先日お話ししましたよね。そしてそれは見破られ、返された。呪殺法というのは、そういうものなのです。呪っていたことが相手にわかり、阻止されれば、強烈な術返しとなって命を奪われることがあります。……おそらくは」

樹神は琥珀《こはく》色《いろ》の瞳を、海のほうへ向けて言った。

「凜子さんのことを案じて、ご家族だけでなく、村全体で術返しをおこなっていたと推理しています。子供たちが庭で遊びながら、唱えていた言葉があったでしょう」

ああ、と時和は記憶を探る。

「とおとお……とか言ってた童謡か」

「はい。あれは歌ではなく呪いを返し、魔を祓《はら》う秘文なのです。天切《あめき》る、地切《つちき》る、八方切《やもき》る、天《あめ》に八違《やたがい》、地《つち》に十《とお》の文字《ふみ》、秘音《ひめね》、一《ひとつ》も十々《とおとお》、二《ふたつ》も十々《とおとお》……と続きます。他にも呪詛《じゅそ》がそのまま相手に返る秘言がありますから、凛子さんのご家族はそちらを唱えていたかもしれません。気軽に唱えてはいけない秘言ですので、口にはしませんが」

華奢《きゃしゃ》なテーブルの上で、アイスコーヒーの氷が解け、カラン、とグラスが涼しい音を立てた。

時和はグラスを見つめつつ、幽霊とはまた別の恐ろしさを感じる。

「『呪い返し』なんてものがあるなんて、初めて知った」

「もちろん、一般的なことではありませんからね。けれど西洋の黒魔術でも、これと同じ方法があります。呪ったことが見破られると、その力は呪術者の元へと跳ね返り、場合によっては死に至る。魔術用語で『逆行の衝撃』と言われているものです。まあ、それをまた跳ね返す方法、というのも黒魔術にはありますけれど」

樹神はそこで口をつぐみ、再び珈琲カップを手に取った。

時和もグラスを持ち、きちんと抽出されてから冷やされた、やや酸味のあるアイスコーヒーを飲む。

しばらくふたりの間に、沈黙が落ちた。

夕日がゆっくりと沈んでいき、雲と海の境目に炎が、横に長くにじむように見える。

樹神は手袋をはめた長い指を膝の上で組み、整った顔をこちらに向けた。

「科学では解決できない事件がある。それはわかっていただけましたよね」

ああ、と時和はうなずいた。

「認めないわけにはいかないな。特に今回のことは先生がいなかったら、謎のままで終わっただろう。亡霊すら、姿を見せなかった」

「おそらく魂のレベルまで、粉微塵《こなみじん》になってしまったのではないかと思います。先日の被害者……画家志望の五十嵐《いがらし》さんや、三田村美憂さんの亡霊は、後から浄霊におもむきましたが」

時和は樹神に、驚かされてばかりだ。

「そんなことをしてくれていたのか。というか……そんなことまで、できるのか」

「簡単な除霊や、お祓いでしたら」

「瀬見さんの家で俺が具合が悪くなったときに治してくれたのも、先生のお祓いのおかげだったよな」

「ええ。『呪い返し』の殺気が、まだあの部屋に残っていましたからね」

そこまで話して樹神は、思いがけないことを口にした。

「私のことを、気味が悪いと思いますか？」

え、と思わずそちらを見ると、樹神はいつものように、なにを考えているのかわからない表情を浮かべている。

「幸い私はこうした感覚を、親族に理解されて育ちました。それでも親族以外には、人と違うものを見聞きしていると知られると、異端者のように思われることも少なくなかったです。……時和さんは、オカルトが嫌いなんでしょう？」

いや、と時和は即答していた。

「先生という理解者を得たおかげで、俺は亡霊を見る目と彼らの無念を晴らす手段の両方を持っていると自信が持てた。正直、今も怖いことは怖いけどな」

時和は顔を上げ、濃紺に近くなってきた天空を仰いだ。

「それに、いくら見ることができるといっても、意味を読み解き現実に起こったことと繋《つな》いでいくには、ひとりじゃ無理だ」

時和は視線を、空から樹神に移した。

「だからこれからも、先生の力を貸して欲しい」

その言葉に、樹神は口元だけではない、心からの嬉《うれ》しそうな笑みを見せた。

「ええ。むしろこちらから、お願いしたいくらいです」

無愛想な時和が、初めて樹神に笑い返したそのとき、ポケットのスマホが鳴った。

「──はい、時和巡査部長」

時和は新たな難事件の予感を覚えつつ、傍らの協力者の存在を、頼もしく感じていたのだった。

あとがき

こんにちは、須垣《すがき》りつです。

今回のお話について、まず触れておきたいなと思うことがあるのですが。

以前出版していただいた『紅茶館に転職したら、裏稼業が祓《はら》い屋《や》でした。』のときには、書きそびれてしまったというか、伝え損ねてしまったことです。

どんなことなのかと言いますと、呪術関連の記述についてです。

本文に出てくる神言《かむごと》やまじない言葉や方法などは、すべて参考文献から引用しているものので、創作したものではありません。

意図的に文言の最後を濁したり、エンターテインメントの範囲内で記載していますが、くれぐれも軽い気持ちで呪いの真似事《まねごと》などされないよう、お願いしたいのです。

「人を呪わば穴二つ」と言いますが、この穴とは、墓穴のことです。

他人を呪うのならばその相手の墓穴だけでなく、自分の墓穴も用意しておくくらいの覚悟を持たなくてはならない、ということでしょう。

それくらい呪うという強い念、負の感情は、怖いものなのでしょうね。

ですから私としては、あくまでも物語として楽しむまでに留《とど》めておいていただければ、と願っています。

さて、今回のカバーイラストは、ジワタネホ先生に描いていただきました。妖しくも美しく、最高にカッコイイ！　光と影と、オーラを放つ樹神《こだま》の視線。物語の雰囲気を一枚の絵で表現していただき、もう本当に……素晴らしいです！　ジワタネホ先生、ありがとうございました！

また、本作は初めて書いたミステリ（もどき？）なのですが、この作品を書く機会を下さった担当様、丁寧にチェックして下さった校正様のおかげで、完成させることができました。もちろん、出版に関わったすべての方々の、ご協力あっての賜物《たまもの》です。

そして一番に感謝を捧《ささ》げたい方々は言うまでもありません。拙作を手に取って下さった読者の皆様、本当にありがとうございます！

二〇二二年九月　須垣りつ

《参考文献》

・斎藤たま「まよけの民俗誌」論創社（二〇一〇年）
・澁澤龍彦「黒魔術の手帖」河出書房新社（一九八三年）
・常光徹「日本俗信辞典　衣裳編」ＫＡＤＯＫＡＷＡ（二〇二一年）
・豊島泰国「図説日本呪術全書」原書房（一九九八年）

この作品はフィクションです。実在の人物や団体等とは一切関係ありません。

富士見Ｌ文庫

流麗島署《りゅうれいじましょ》オカルト班事件簿《はんじけんぼ》

闇《やみ》は道連《みちづ》れ　世《よ》は裁《さば》け

須垣《すがき》りつ

2022年９月15日　初版発行

発行者　青柳昌行

発　行　株式会社 KADOKAWA

〒102-8177　東京都千代田区富士見2-13-3

電話　0570-002-301（ナビダイヤル）

印刷所　株式会社暁印刷

製本所　本間製本株式会社

装丁者　西村弘美

定価はカバーに表示してあります。　◇◇◇

●お問い合わせ
https://www.kadokawa.co.jp/（「お問い合わせ」へお進みください）
※内容によっては、お答えできない場合があります。
※サポートは日本国内のみとさせていただきます。
※ Japanese text only

ISBN 978-4-04-074681-4 C0193

後宮茶妃伝

著／唐澤和希　イラスト／漣 ミサ

お茶好きな采夏が勘違いから妃候補として入内！
お茶への愛は後宮を救う？

茶道楽と呼ばれるほどお茶に目がない采夏は、献上茶の会場と勘違いしうっかり入内。宦官に扮した皇帝に出会う。お茶を美味しく飲む才能をもつ皇帝とともに、後宮を牛耳る輩に復讐すべく後宮の闇へ斬り込むことに!?

【シリーズ既刊】1～2巻

富士見L文庫

白豚妃再来伝
後宮も二度目なら

著／**中村颯希**　イラスト／新井テル子

「寵妃なんてお断りです！」追放妃は願いと裏腹に後宮で成り上がって…!?

濡れ衣で後宮から花街へ追放されたお人好しな珠麗。苦労に磨かれて絶世の美女となった彼女は、うっかり後宮に再収容されてしまう。「バレたら処刑だわ!」後宮から脱走を図るが、意図とは逆に活躍して妃候補に…!?

【シリーズ既刊】 1～2巻

富士見L文庫

後宮妃の管理人

著／しきみ 彰　イラスト／Izumi

後宮を守る相棒は、美しき（女装）夫——？
商家の娘、後宮の闇に挑む！

勅旨により急遽結婚と後宮仕えが決定した大手商家の娘・優蘭。お相手は年下の右丞相で美丈夫とくれば、嫁き遅れとしては申し訳なさしかない。しかし後宮で待ち受けていた美女が一言——「あなたの夫です」って!?

【シリーズ既刊】1～6巻